淘寶黃金手

卷十一 鎮店之寶

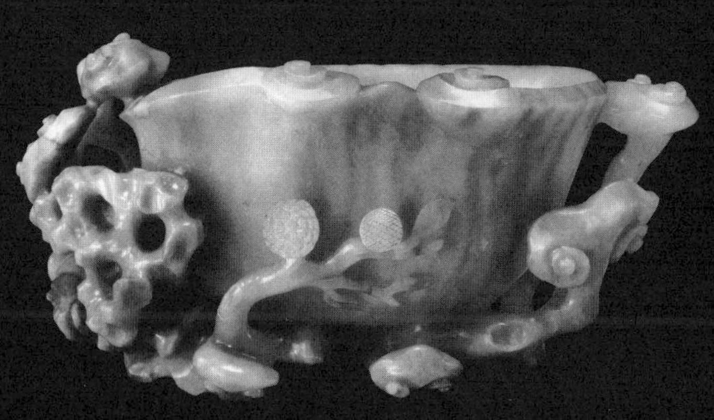

羅曉 著

目錄

淘寶黃金手

第一六一章
窩裡反

莊之賢賴賬兩個字還沒出口，背心上忽然一痛，跟著一麻。
回頭一瞧，卻見馬樹手拿一根空針管，
針管裏的藥水顯然已經扎進了他身上，
不由得又驚又怒，張口時，卻已經說不出話來。

周宣攤攤手，請佐藤發牌，最後一張牌是不能翻過來的，也是發暗牌。

佐藤第一張是照拿了上面的第一張，發給了周宣，是黑桃三，佐藤認爲這張牌是黑桃九，這還算是佐藤故意發的，如果周宣真的一點牌面都沒有，那又怎麼會有信心下大注？梭哈就是不管你下多大，只要對方跟了注，最後都是要開牌的；詐雞只是在前面的環節中進行引誘，對最後一節卻是沒有作用。

周宣的冰氣早在探測著，發給自己的那一張牌是黑桃三沒錯，而佐藤發給他自己的牌，果然是又用極快的手法梭出了最底下的那張牌，紅桃A！

這傢伙果然是個出千的高手，這動作如果不是周宣用冰氣注視，憑肉眼，還真是注意不到！

周宣也沒有伸手拿底牌看，旁邊的莊之賢卻是急得不得了，盯著周宣，搞不明白周宣爲什麼不看底牌。

佐藤倒是拿了底牌一看，三條三加一對A的富爾豪斯，又看了看周宣面前那三張明牌，黑桃五六七，但暗牌的兩張，一張應該是黑桃四，另一張是黑桃九吧，只是同花，能大過三條和對子，但跟自己的富爾豪斯就不能比了，袖口裏裝的換牌器也不需要用了。

周宣笑了笑，也不看底牌，說道：「佐藤先生加注三千萬，那我也就再加三千萬，不知道佐藤先生還有什麼想法？」

佐藤看了底牌後，又看了看桌面上，他跟周宣都下了七千萬的注碼，也不少了，呵呵一笑，把面前的全部籌碼都推了出去，笑道：

「一次也是賭，一天也是賭，既然都是賭，不如就這一把定輸贏吧，我全部梭了！」

說實在的，周宣並不想跟他一把就定輸贏，要說的話，現在這一局他肯定是贏了，但賭了這把，佐藤和漢克都會輸光了籌碼，賭局也就結束了，而傅盈和魏海洪的下落還不知道，那要怎麼辦？

可如果不跟的話，那就是自己棄權認輸，這要扔掉七千萬，他答應，莊之賢還不會答應呢！這底牌都沒看，如果莊之賢過來一翻這底牌，發現是同花順，同花順都不跟注，那莊之賢還不氣得立刻打電話結束了傅盈的命？

如果自己把莊之賢和馬樹幹掉，那又怎麼有把握在幾十分鐘以內找到傅盈和洪哥呢？

周宣瞧了瞧佐藤，又瞧了瞧一臉急躁的莊之賢，嘆了口氣，他已經沒有了退路，當即道：「我也只有跟了！」

而周宣跟的話，手上也剩有三億五千多萬，現在他手上總共有七億的籌碼，漢克的籌碼全輸給了他，包括佐藤還輸了一千多萬給他，這一局就算輸了，他的本金可是一分不少，只是莊之賢肯定不願意了。

佐藤見周宣連底牌都沒看就跟他梭了，心裏自然激動興奮，伸手把自己的底牌翻了過來，是三條三和一對A，說道：

「我的是三條三和一對A的富爾豪斯，周先生的底牌是多少？」

周宣淡淡道：「我不知道，就麻煩佐藤先生幫我開這底牌吧，我不敢看！」

莊之賢在一旁氣得想罵人，底牌都不看，就把三億多的籌碼推了出去，你當這是白紙啊？

佐藤呵呵一笑，沒想到周宣竟然是個賭運氣的人，看來一開始還把他看高了，以爲他很神秘，這一把他連牌都沒碰一下，還有兩張底牌他都不知道，就跟人家賭了幾億美金，這樣的人可也是從來沒見過！

佐藤笑了笑，道：「那好，我就替周先生代勞！」說完伸手過來，一張一張地慢慢揭開。

爲了不讓別人說他動了手腳，他特意把動作放得很慢，讓大家瞧得清楚。

翻開第一張，也就是最開始發的那張暗牌，果然是個黑桃四，莊之賢看到這個底牌時，捏著雙拳很是緊張，一雙眼眨也不敢眨一下。

最後一張牌，那就必須，也只能是黑桃三和黑桃八，周宣才能贏到佐藤，否則，出現其他的任何一張牌，周宣都會輸！

佐藤把最後一張牌輕輕挑起，翻了過來。此刻，廳中所有人都把目光放在了這張撲克牌上面。

翻過來的，竟然是一張黑桃三！

佐藤手一顫，瞪大了眼睛瞧著，沒有錯！就是一張黑桃三，清清楚楚的，眾人都看得明白，是黑桃三！

佐藤腦子裏頓時哄然如亂麻，搞不清楚，也反應不過來，怎麼變成了黑桃三？太奇怪了，按自己的記憶，發出來的牌可不是這一張啊！

在另一邊，莊之賢歡聲如雷，跳起來叫道：

「是黑桃三，是同花順，贏了贏了，我們贏了！」

這時，他恨不得把周宣摟在懷裏親幾口，一時間也沒想到別的，腦子裏全被那十億美金的巨大數字沖昏了！

佐藤呆了一陣，忽然跳起來叫道：

「你……你……你出千！」

廳裏的人都是一怔，佐藤怎麼會忽然說出這麼一句話來？

大家的眼睛可都是看得一清二楚的，從頭到尾，洗牌、發牌可都是佐藤一個人做的，而後面發出來的牌，到現在爲止，周宣可都沒伸手碰一下，佐藤說這個話可就有些強辭奪理

了，誰也不會信！

莊之賢首先就跳了出來，惱道：

「佐藤先生，你可是出了名的千王，如果說你出千那人家還信，你要是說別人，哼哼……周宣可是連牌都沒碰過一下，洗牌發牌，直到最後翻底牌，那都是你幹的，要說到出千，那也只有你才有機會，大家說，是不？」

佐藤啞口無言，確實是這樣，牌是他拿著的，周宣確實沒碰過牌，但他心裏明白，周宣肯定是用什麼方法出了千，只是，以他的手段都看不出來，別人又怎麼能看得出來？

漢克在一旁也是陰沉著臉，他一直在注意周宣的動作，剛剛在骰子上莫明其妙就輸給了他，心裏如何能服，這時周宣跟佐藤賭梭哈，他也一直是目不轉睛地盯著周宣。

可漢克也發現，周宣根本就沒動一下，如果這樣也算出千，除非是神仙才能辦到。所以，如果說是周宣出千，漢克自然是不相信的，因爲他的眼睛可是瞧得清清楚楚的；但如果說周宣沒出千，那底牌又如何是同花順呢？

別人或許不知道，但漢克卻知道，佐藤發牌的時候，有兩張牌是從牌下面用快速的手法梭出來的，既然佐藤都出千了，而且佐藤是個頂級的高手，最擅長的就是梭哈，牌由他派，又出了千，結果他卻不贏，那豈不是成了千古笑話?!

但事實是，佐藤偏偏就是成了笑話！佐藤又發牌又出千，結果卻是讓自己狠狠地輸了！

漢克自然不會相信佐藤出了誤差，而唯一能說明的是，周宣也玩了手腳，只是他動的手腳太高明，高明到連他和佐藤這樣級數的高手都分毫瞧不出來！

可這話說出來，又有誰能信呢？

佐藤也是一時呆若木雞，想要橫，卻又沒理由。

現在，無論說什麼，不管找出什麼破綻，大家都只能往他頭上推，因爲所有的程序都是由他來完成的。

莊之賢見佐藤發呆，當即一揮手，吩咐手下人把錢箱子搬走。

佐藤忽然道：「慢著！」

莊之賢哼了哼，問道：「佐藤先生，你是不是有什麼想法？」

佐藤臉上一陣紅一陣白的，指著周宣道：「他出千！」

「出千？」莊之賢嘿嘿冷笑道：「都說捉賊要捉贓，拿姦要拿雙，你說他出千，有證據嗎？」

佐藤自然沒證據，但也不肯就這麼算了。

周宣淡淡道：「佐藤先生，出沒出千，我們大家心裏也都是如明鏡一般，你可記得自己在發牌的時候，是上下一起發的？還有，要不要你我都當場把衣服脫個乾淨，讓大家檢查一

下，看看身上有沒有機關？」

佐藤一呆，臉上也慌亂起來。

周宣這話就像一把刀一樣，無情地挑開了他的衣服，讓他沒有半分隱藏地露了在眾人的視線中！

要脫衣檢查的話，他身上左右手腕都藏了發牌器，沒抓到別人，反而會先把他自己揪出來。雖然他根本沒有用到，但誰會相信？

只是，更讓佐藤羞愧難當的是，他這個名聲顯赫的千王，今天竟然在一切有利的情況下，把自己搞輸了，而且還找不到對手任何出千的破綻！

莊之賢又讓手下搬錢箱子，看到漢克和佐藤都沒有說話，便向馬樹一使眼色。馬樹微微點頭，然後偷偷挨近周宣，在周宣背後，忽然取出一支針管插在他背上，周宣聲都沒來得及出，便軟倒在地上。

漢克和佐藤都是一呆，而漢克忽然跳了起來，掏出手槍叫道：

「不准動我的錢箱子！」

漢克掏槍的那一剎那，他手下的那些人也都掏出了手槍來，跟莊之賢的手下互相持槍對峙著。

佐藤的手下自然也掏出槍來，只是不知道對方是對漢克的人呢，還是莊之賢的人，有些慌亂。

莊之賢的手下人多，人多勢眾之下，莊之賢膽氣也足一些，喝道：

「漢克，佐藤，大家都是有名聲的人，願賭服輸，你們可是在賭桌子上輸了給我，難道還要反悔？」

漢克冷冷道：「輸了給你？那……」

說著，他把手槍朝躺在地上的周宣搖了搖，問道：「那這個周宣，又是怎麼回事？」

「這你們就不用管了，他只不過是我的工具！」莊之賢嘿嘿笑道：「你們只要明白，在賭局中輸給我們就行了，至於我們內部的事，那就不用你們操心了！」

幾乎是三方的人都在拿槍相對，到處都是黑洞洞的槍口。

馬樹把周宣扎倒後，又急忙退到了莊之賢的身後。

莊之賢也很緊張，好不容易找到周宣這麼個高手把賭局贏下來了，本不想走強行搶錢箱子的這一步，但漢克和佐藤先發難，這無疑令他很氣惱。

當然，如果自己在這場賭局中輸了，莊之賢也肯定會走這一步的！

莊之賢把槍口對著漢克，氣道：「漢克，你還要不要你的名聲了？堂堂賭界傳奇竟然也賭輸了賴……」

只是賴賬兩個字還沒出口，背心上忽然一痛，跟著一麻。

莊之賢回頭一瞧，卻見是馬樹手拿一根空針管，針管裏的藥水顯然已經扎進了他身上，不由得又驚又怒，張口時，卻已經說不出話來。

這麻醉藥太厲害，數秒間就讓他無法言語，跟著腦子也沒有知覺了！

馬樹突然變卦把莊之賢用麻醉針扎倒，這讓莊之賢的手下都驚訝不堪，也有些措手不及。首腦被幹倒，而且是被跟老闆最親近的馬樹反叛幹倒，這就有點令他們無所適從了。

馬樹把莊之賢用麻醉針扎倒後，馬上對莊之賢的那些手下說道：

「你們可看好了，現在莊之賢倒了，你們再跟著他也沒用了，不如放下槍吧。我跟漢克先生已經商量好了，只要不反抗，不再替莊之賢賣命了，一律發放五十萬美金，不從的，就打死扔海裏餵魚，你們自己考慮吧！」

馬樹的話極有誘惑力，再說，這些人跟著莊之賢本來也是爲了錢，以莊之賢的爲人，又哪會有什麼忠心的朋友？

瞧著邊上那一排的錢箱，莊之賢的手下們都紛紛扔下了手槍。還是合作吧，反抗是死路，合作還有五十萬拿，傻子才不合作！

之後，漢克把手槍一擺，對佐藤笑呵呵地道：

「佐藤先生，我們也來做個交易吧，你，我，還有馬樹先生，我們三方合作，把莊之賢的三億五千萬平分了，怎麼樣？」

佐藤一怔，隨即道：「當然可以，只是那個馬……」說著指著馬樹，有些不解。

漢克嘿嘿一笑道：「這事你應該明白吧，是馬先生做的內應，否則莊之賢又怎麼會倒？」

佐藤一呆，馬上又恍然大悟，「哦，我明白了，你們早就有商議，也就是說，今天無論如何，這莊之賢都會輸？」

漢克笑而不語，有些事，他也不用說透，說透了就沒意思了。

佐藤沉吟了一下，然後又指著躺在地下的周宣和莊之賢道：「這兩個人怎麼辦？」

漢克嘿嘿道：「那還用說，丟海裏餵魚了！」說完，漢克就對手下招手示意，當即過來了兩個，先走過去準備抬周宣。

只是，這兩個手下還沒走過去時，周宣手腳動了動，然後就爬了起來。

漢克和佐藤以及手下們都大吃一驚，趕緊拿槍指著他，就連馬樹也是吃驚地盯著他。這才幾分鐘而已，周宣不可能會醒過來啊？

周宣也不理他們，逕自走到莊之賢的身邊，把他的手機掏了出來，先看了看手機裏的已撥電話，再看看手表，然後把手機放到衣袋裏。

漢克愣了愣，搖著手槍喝道：

「你……幹什麼？過去蹲在地上！」

周宣這才冷冷道：「漢克，我勸你們還是別惹我，就這樣過去得了，你們要分錢就分錢，要幹什麼就幹什麼，當我不存在最好，如果一定要來碰我，有什麼後果就是你們的事了！」

漢克嘿嘿一笑，不怒反笑，道：

「嘿嘿，你這人很有趣，不知道是傻呢還是吹牛？你可知道，現在有多少支槍對著你？可你就一個人啊？」

周宣懶得理他，拿了手機往廳外走，他要去駕駛艙處，讓開遊艇的人把遊艇開回岸邊。這個時候，他沒有時間跟漢克這幫人糾纏。

漢克哪裡忍得住，抬槍就射，只是扳機連連直扣，卻不見槍響，怔了怔，以為槍壞了，隨手扔掉，吩咐手下們：「打死他！」

漢克命令一下，他的手下自然不客氣，紛紛舉槍就射，只是奇怪的是，沒有一支槍能射出子彈。

這個情景，對馬樹來說可是一點也不陌生，又來了，又來了！馬樹驚得趕緊往後面縮，一出現這種情況，他心裏就明白，那個可怕的周宣又回來了，只是不明白的是，自己剛才明明把麻醉劑打進了他背後，怎麼會不管用？

馬樹當然不明白。其實，在更早的時候，馬樹陪漢克去洗手間的時候，周宣便用冰氣探測著他們了。

在洗手間裏，馬樹與漢克秘密達成了協定，由他來搞定周宣和莊之賢，最後的分成他拿三分之一，因爲不分佐藤一份肯定是不行的，佐藤的人也不少。

莊之賢消失後，肯定會引起一些麻煩，三方的人拿了錢才不會把這事說出來，唯有拿了錢的人才會閉嘴。

商議時，馬樹和漢克自以爲十分隱秘，萬無一失，卻沒想到這一切早已經落入周宣的眼中，所以在後面，馬樹偷偷拿針扎周宣的時候，周宣早運起了冰氣，將他針管內的藥劑轉化吞噬了，倒地不動只是故意裝死而已。

此刻，漢克和他手下們的手槍竟然都不能用了，心裏十分慌張，還以爲是手槍出問題了，又不敢表露得太明顯，要不然，廳裏只剩下佐藤的人有槍，等他們一明白過來，說不定就有麻煩了。

佐藤可絕不會因爲漢克好意分給他三分之一的份額就會對他客氣，要是知道漢克的人槍都不能用了，說不定會把船上的錢全部都搶走。

漢克一邊遞眼色，一邊對佐藤道：「佐藤，叫你的人幫忙，趕緊把周宣抓起來，別讓他跑了！」

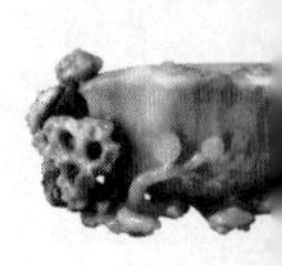

佐藤自然不知道暗中有這麼多情況發生，也絕想不到漢克手下那些槍出了什麼問題，便一揮手，他手下的人便和漢克的手下都湧了出去。

周宣對他們是瞧也不瞧，仍然往廳外走。而在背後衝上去的人，一個個都在離周宣還有五六米的距離時，便統統慘叫倒地。

第一六二章
英雄救美

周宣毫不理會那個人的警告，逕自向傅盈走去。
就在傅盈搖手制止的那一剎那，
兩個男人的手槍一起對著周宣扣動了扳機！
傅盈大驚之下，一時間什麼都不顧了，
拼命向周宣撲了過去。

誰都不知道是怎麼回事，因爲周宣根本就沒有回頭，甚至沒有任何特別的舉動，只是向廳外走而已。

跟著再追上去的人又連連摔倒，而且都是抱著腳摔倒在地，等到周宣走出廳外不見了身影時，廳裏除了漢克、佐藤、馬樹這三個站著的人之外，就只剩下一地在受傷打滾的人，其中還有十幾具死屍。

漢克和佐藤都是呆了呆，趕緊奔過去，瞧了瞧自己的手下人，這才發現，十幾個人竟然全都是腳腕處受了傷，傷口不大，但漢克知道，這個傷口雖然不大，但每個傷口處都有一條腳筋被割斷了！

而且，每個人的傷口都一樣，都是在同一個地方！

腳筋斷了可不是小傷，等於是殘廢了，就算接好醫好，那也會短一截，好了也會成跛子。

只是這傷是如何來的?是周宣幹的吧，那周宣又是如何做到的?

漢克和佐藤互相對視了一眼，眼中都充滿了懼意。

從賭局開始，他們兩個一直都覺得周宣有種神秘卻又說不出來的感覺，和他對賭，自己平時萬無一失的手法卻總是出問題，當時還以爲是自己手法失誤，現在想起來即頓時大悟，心裏的恐懼也更加濃了！

看起來周宣挺普通的，但漢克和佐藤現在才明白到周宣的可怕。不管他倆的手段如何了不起，周宣總是能在神不知鬼不覺之中無形化解，而且在無形中把他們逼到了絕路！

兩個人一陣心驚，然後同時把眼光瞧向馬樹，卻見馬樹早已畏縮在角落裏，臉上儘是懼色！

漢克悄悄溜過去後，小聲問道：「馬樹，到底是怎麼回事？」

馬樹臉色煞白，猶豫了一下才說道：「漢克先生，這個周宣，不是我們所有人能對付的，他……他太可怕了！」說完，見漢克和佐藤怔怔的樣子，又道：「只要他想，這遊艇上的所有人都在他的掌握中，只要他起一個念頭，我們全會死於無形！」

如果馬樹一開始就說出這個話來，漢克和佐藤絕不會相信，只會認爲他在誇大其詞，但現在卻是相信了。

人家手都沒動一下，一二十個彪悍的手下都被弄斷了腳筋躺在地上，要是真想要他們的命，那還不是分秒之間。

周宣拿著莊之賢的手機，一邊看著時間，一邊往駕駛艙跑去，這時，駕駛艙裏的駕駛人員早已經被漢克的人劫持了。可以說，這時莊之賢的人是全軍覆沒了。

周宣一衝進駕駛艙中，艙裏有三個人，周宣沒二話，直接命令道：

「馬上把遊艇開回岸口！」

三個人自然不理，人多勢眾，又哪裡會怕周宣一個人？當即衝上來兩個就要揍他。

周宣手一揮，衝上來的這兩個人拳頭還沒伸出來，五根手指頭就斷落掉在地上，呆了呆，然後才殺豬一般嚎叫起來。

另一個沒受傷的嚇壞了，周宣喝道：

「立刻調頭，馬上往岸口開，否則你的手就跟他們兩個一樣！」

手指頭怎麼給周宣割掉的都不知道，這三個人哪還敢反抗，趕緊把遊艇往岸口邊開去。

周宣想了想，又回到遊艇裏，佐藤和漢克正在發愁，那麼多錢箱子，就憑他們三個又如何能搬走？但要說捨棄這些錢就逃走，卻又捨不得，正想著是不是把在遊艇外漁船上守船的兩個手下叫過來一起搬錢箱子，周宣就走進來了。

十幾個腳筋斷掉的手下還在呼痛，站也站不起來。周宣進來後，嚇得他們都忍著痛停止了叫喊，驚恐地盯著他。

廳裏面，佐藤、漢克、馬樹三個人也都盯著周宣，不敢說話。

周宣冷冷地瞧了他們一眼，又走到莊之賢身邊，蹲下身子用手指探了探鼻息，莊之賢已經死了，是在麻醉中死去的。這個麻醉劑的藥量可不是他能承受的，在幾秒鐘之內就將他身體的各種機能關閉掉，讓他變成了一具屍體。

周宣抬起頭，冷冷地盯著馬樹。馬樹打了一個寒顫，對周宣，他是無可奈何了。這人太可怕，無論是刀槍劍棍，沒有一樣能傷得了他，而他要傷人，卻可以在無形之中。

其實馬樹也不是真正明白，不是這些武器傷不了周宣，而是在傷到他之前，已經被他的冰氣轉化吞噬掉了。

周宣盯著馬樹，冷冷地道：「馬樹，我的朋友被你們關在哪裡？」

對著周宣冷冰冰的殺人眼神，馬樹更是心驚肉跳，趕緊搖著手說道：

「我……我不知道，那都是莊之賢一個人幹的，他什麼都不跟我說，也只會欺壓我，瞧不起我，所以我才會背叛他……」

周宣盯著馬樹，呼呼直喘氣，眼神如刀，馬樹嚇得慌亂不已，連連搖頭道：「我真的不知道，我真的不知道，我可以發誓！」

發誓有個屁用，周宣瞧這個樣子，知道馬樹是真不知道。想了想，周宣拿著莊之賢的手機，按開攝影機的按鍵，把廳中的情景都拍了下來，又對莊之賢的屍體做了特寫，然後對著馬樹、漢克、佐藤三個人說道：

「馬樹，漢克，這個莊之賢是你們合謀殺死的，但這個人死有餘辜，死都不足以解我的恨。綁架，勒索，殺人，他什麼壞事都幹，死了倒好。不過，我也不想幫別人背黑鍋，這個影像我錄下來，不是要威脅誰，你們拿錢毀屍滅跡，無論做什麼我都不管，我也不會告發

你們，只是，如果你們想對我再耍什麼陰謀的話，我可是提前告訴你們，你們只會得不償失！」

馬樹聽他這口氣，心裏一喜，好像周宣並不想要跟他們分這些錢財，只要能讓他們拿走錢，那就好說，有了錢就可以逃得遠遠的，離開這個鬼地方更好。

「不會不會，我絕不會說出來！」馬樹趕緊保證著，漢克也沉沉地道：「周先生，我們也是在道上混的，也懂規矩，這事你就放心吧，我們絕對會保守這個秘密！」

周宣當然不擔心他們會說出來，不說出來只是無頭案，如果說出來，那只會增加他們自己的麻煩。

現在，周宣擔心的只是傅盈和魏海洪兩個人，離下一次的電話時間只有四十分鐘不到了！能在四十分鐘內趕回岸口並找到傅盈和洪哥，再救回他們嗎？

周宣考慮了一下，又向馬樹三個人問道：

「這遊艇到岸口，最快要多久時間？」

馬樹不清楚，漢克是最清楚的，從香港出海到這邊的公海賭博，他來過很多次，而這次又雇了漁船過來，從這邊回去岸口，至少要三個小時，而且是最快的時間。

「大約要三……三個小時吧！」漢克小心地回答著。

周宣皺著眉頭，想了想又道：「現在全速往回走，到了岸口大家就分手，各幹各的事！」

到了岸口後，馬樹和漢克這幫人還要把遊艇上打掃乾淨，包括那些屍體的遺跡。如果處理不好，稍露一絲半分的痕跡，那就會給他們帶來麻煩。

周宣是最急的，看著時間一點一滴過去，心裏也越發急躁，要是等一下時間到了，他該怎麼辦？

莊之賢已經死了，該到哪裡找一個跟莊之賢聲音很像的人來冒充呢？

一想到冒充，周宣心裏一動，努力回憶了一下莊之賢的聲音，然後用冰氣拿捏著喉嚨，學著莊之賢便說了一聲：「安全！」

一邊的馬樹怔了怔，隨即喜道：「周先生，你這聲音好像莊之賢啊，簡直就是一模一樣！」

周宣也是一喜，沒料到竟然會這麼像，看來回去後要好好研究一下，說不定還可以再練出一門功夫來。

趁著還有半小時的時間，周宣又學著莊之賢說了些別的話，除了說話的語氣不大像莊之賢外，聲音卻是十足十的像，估計要是再學別人的聲音，那也是不成問題，不過，周宣可不想在馬樹這些人面前露得太多。

等到半小時後，時間還差一分鐘時，周宣就提前撥通了那個號碼，電話一通，周宣就先說了一聲：「安全！」

對面傳來一個男子聲音：「老闆，知道了，那妞精神好得很！」

周宣沉沉地說道：「沒我的命令，不准動她！」

「老闆，放心吧，這個輕重我還是分得清的！」電話裏那男子很快就回答著。

從這個電話中，周宣仍沒有辦法知道這個男子在什麼位置，按下手機後，周宣一直在沉思，現在拖延時間倒是沒問題，但找不到傅盈的位置卻仍然是一個麻煩事！

周宣在考慮，用冰氣能不能搜索電波呢？

上一次去雲南騰衝的時候，在酒店裏，周宣可是用冰氣沿著電線測試了一下，如果借著電線內的銅心做導體，冰氣的力量可是能遠達一公里以外，遠遠超出了在身體四周憑空探測的距離。於是，周宣想，或許等到了岸口以後，唯一能做的，就是用冰氣沿著電波探測，看看能不能找出傅盈的位置。

周宣在心裏希望著，傅盈被關的位置離他打電話的位置不要超過冰氣能達到的範圍，不過他現在也不清楚，冰氣借著電線導體到底能傳達多遠。

在焦急的等待中，周宣又打了兩次報平安的電話，然後遊艇才到了岸口。

周宣自不理會馬樹這一幫人。管他們如何處置莊之賢那些人的屍體呢，反正他也不要錢，其實周宣也知道，那個錢可不是好拿的。

只是想到這個莊之賢爲了錢可以無所不爲，但處心積慮幹了那麼多壞事，最後還是落了個死無葬身之地的結果，不禁有些感慨。

上了岸口，周宣馬上到港口外找了一個公用電話亭，想了一下要說的話，然後才撥通了那個電話。

電訊在傳達訊息的時候，周宣的冰氣也跟著自己這台電話機的電波，把冰氣運到了極致。

冰氣在無數電纜中穿過，當電話被接通的時候，周宣的冰氣也已經跟到了電話那頭，甚至已經用冰氣探測到接電話的那個男人的身材相貌。

「喂，哪位？」

周宣腦子裏顯現出的景象是，一個男人一邊瞧著來電顯示，一邊抽著菸，警惕地問著。

「是我！」周宣定了定神，然後說道，「我們回岸口了，一切正常。我手機沒電了，在路邊給你打電話，就這樣吧！」

周宣放下電話，腦子中還探測到那個男人放鬆了警惕心。

周宣閉了眼，努力運起冰氣再探測那個房子其他的地方，隔壁房間裏捆著的傅盈，另一

間房中捆著的魏海洪，然後是門外，在門上，周宣探測到了門牌號碼，不由得心喜若狂，趕緊記好了這個號碼。

坐在路邊的石階上，周宣仔細尋思起來，傅盈和魏海洪的完好讓他放了心，這時也弄清了關押傅盈和洪哥的地址，倒是沒有在遊艇上那麼著急了。

在那棟房子裏，守著傅盈和洪哥的人有四個，只是傅盈被綁得失去了行動能力，否則這四個人還不是傅盈的對手。

周宣在考慮著要不要報警，或者找朋友一起去，想了想，還是決定一個人過去，如果報警的話，莊之賢的事無疑就會提早扯出來，而且還有很多麻煩，沒必要。

再說，就算是叫了警察和朋友一起去，真有什麼危險他們也幫不到什麼忙，還有可能給自己帶來麻煩。

還是自己一個人去最好，自己冰氣的能力是可以完全控制局面的。

周宣考慮好以後，當即攔了輛計程車，給司機報了那門牌號碼上的地址，司機點了點頭，一言不發地開了車。

因爲冰氣能探測到，所以周宣估計也不會太遠。

司機開車不到十分鐘，繞了兩個圈子就到了。付了車錢，周宣也沒讓司機找零，急急就下車了。

這是一處富人區的高檔別墅區，應該是莊之賢的私人產業。周宣把冰氣盡力延伸出去，發現別墅中的四個歹徒正在客廳裏看電視，邊喝酒說笑。

周宣站在門口停了一會兒，可以感覺到，這棟房子的任何一處都在他的掌控之中。

周宣默默運起冰氣，先把傅盈的束縛轉化吞噬掉。忽然之間，傅盈感覺到捆住自己的繩索自動斷掉了，不禁吃了一驚！

這些繩索可是無數尼龍繩糾合而成，如手指頭一般粗細，就是拖一輛數噸重的大卡車也不會斷，傅盈掙扎了一天一夜都沒半點鬆懈，這時卻無緣無故斷掉了……

傅盈怔了怔後，馬上想到：是周宣來了！

她知道，只有周宣才有這種神不知鬼不覺的能力！

傅盈當然不敢魯莽，外面客廳裏的四個人可是有槍的，她雖然能打，卻快不過人家的子彈。再說，被捆了這麼久，人也沒精神，體力比平時差了許多，可不能急，畢竟還不清楚周宣是不是真的來了。

傅盈想了想，悄悄走到門邊，把門輕輕拉開一點縫，看了看客廳裏的情況。

那四個人中，有兩個人面朝她這邊，兩個人背朝她。茶几上放著三把手槍，四個人一邊看電視，一邊說笑玩撲克牌。傅盈尋思著，如果她現在出去，就算速度再快，也沒把握把這

四個人同時打倒，要是有一個人拿到槍，那後果就不敢想了。

傅盈還在這樣想的時候，卻見客廳的門一下子被推開了，她思念到極點的周宣忽然走了進來！

那四個人一愣，門是鎖著的，周宣是怎麼推開的？

但也只是愣了一下，隨即四個人都把手槍抓到手中，刷刷對準了周宣。傅盈一急，再也顧不得能不能在一瞬間把這四個人打倒制服，迅速開門衝了出去。

那四個人聽到響聲，回頭瞧了瞧，其中一個人立刻轉身拿槍對著她，另外三個人則回身對著周宣。

面對周宣，最前面的一個人喝道：「站住，再走就開槍了！」而另一邊，傅盈也是滿臉緊張地站在持槍對著她的那個人面前，形成僵持的局面。

只有周宣毫不理會那個人的警告，逕自向傅盈走去。

傅盈伸手擺了擺道：「周宣……別……別……」

就在傅盈搖手制止的那一刹那，兩個男人的手槍一起對著周宣扣動了扳機！

傅盈大驚之下，一時間什麼都不顧了，拼命向周宣撲了過去。周宣也迎著她張開了雙臂，將她緊緊摟在了懷裏，又低頭狠狠地在她唇上親了一口！

傅盈一呆，但是腦子裏的緊張感仍然存在。呆了呆後，才發現沒有聽到槍響，這才從周宣懷中抬起頭，瞧向那幾個男人。

開槍的那兩個男人正發著愣，因爲手裏的槍扳機扣動了好幾下，卻沒有子彈射出，而另兩個男人在扣不響手槍的情況下，當即把手槍一扔，隨手提起椅子向周宣狠命砸去。

周宣緊緊摟著傅盈，傅盈眼見著急，掙扎了一下，想要掙脫出周宣的懷抱，自己來對付這四個人。

砸椅子的人使力很猛，但卻砸了一個空！

不是砸周宣砸歪了，而是手上空了。

當他狠力將椅子砸出去時，整把椅子忽然從椅把處斷掉，而且，由於用力砸得太猛，他的手腕竟然瞬間弄脫臼了！

就在這幾個匪徒又驚又詫的時候，傅盈從周宣懷裏掙脫出來，劈哩啪啦幾下便把他們打倒。

而且這幾下，傅盈是下了狠手的。四個男人無不是手斷腳斷的，再也沒有了反抗的能力，雖然還有兩個人手中握了手槍，但傅盈早見到他們扣了無數次扳機，槍也沒有響，便知道是周宣用冰氣動了手腳。

在房間裏，捆著自己的繩子無緣無故斷掉，自己還在懷疑是不是周宣來了，看來是沒猜

錯。

周宣見這幾個人被搞定，馬上跑進另一間房間裏。他的冰氣早已經測到關押魏海洪的房間，他的手腳都被反綁著，眼睛蒙了黑布，嘴上也貼了膠布，現在是看也看不到，叫也叫不出。

周宣拿刀割斷了繩子，又扯下魏海洪身上的黑色膠布，叫了幾聲：

「洪哥，洪哥？」

魏海洪眼睛一時受不了，過了好一會兒才能看清，一見到是周宣，激動道：

「兄弟，是你來了？」

周宣點點頭，低聲道：

「洪哥，對不起，我來遲了！」

「不遲不遲，我不是好好的嗎？」魏海洪當即回答著，想了想，又問道：

「兄弟，你怎麼找到這裏的？還有，這些事是誰幹的？就你一個人嗎？」

魏海洪心裏有太多的疑問了，不禁連珠炮般問了一大串。

「洪哥，這事的元兇就是莊之賢，他用你和盈盈來要脅我，讓我替他參加公海上的一個賭局。結果就在那船上，他被馬樹背叛殺掉了。我是從馬樹他們那兒得到你的消息的，就從船上直接過來了。洪哥，這事我沒有報警！」

魏海洪怔了怔，沒想到發生了這麼多事，而綁架他的人果然不是普通人，事出有因啊，只是沒想到，傅盈也關在這兒！

出了房間，傅盈盯著那幾個男子，見到魏海洪後輕輕叫了聲：「洪哥，你還好吧？」

魏海洪點點頭，「我沒事，盈盈，只是……你怎麼也到香港了？怎麼會被他們抓到了？」

傅盈還沒有回答，周宣就搶先說了。

「洪哥，盈盈是莊之賢他們騙過來的！」周宣把莊之賢的手機拿了出來，又調出了在船上拍下的影像，然後遞給了魏海洪，「洪哥，你看看，這是我在遊艇上拍的，莊之賢的屍體，還有馬樹和另外合夥的人，這是我留的證據，以免莊之賢的人來找我的麻煩！」

魏海洪接過手機看了看，臉色陰沉，好一會兒才說道：「兄弟，這莊之賢死得好，倒省了我再整治他了，就依你的吧，這事他莊家人不找到我們頭上就算了，若是硬要找來，那是給他們自家臉上打耳光！」

傅盈本是興高采烈到香港與周宣相會，準備買一些結婚用品的，卻沒料到出了這麼大一樁事，心情也沒了。

周宣安慰道：「盈盈，洪哥，算了，我們就訂下午的機票回去吧，也沒什麼意思，可不

能再出什麼事了！」

魏海洪當然是想不到會出這樣的事，好在最終是化險爲夷，只是這莊之賢也太膽大了些，竟敢對他這樣！

客廳裏躺著的這四個男人，此時儘管身體傷劇痛不已，但卻不敢叫出聲來，強行忍著。

魏海洪正琢磨著要把這幾個人該怎麼辦，周宣微微笑道：

「洪哥，別理這幾個人，他們其實知道的也不多，莊之賢一倒，樹倒猢猻散，他們估計也沒好日子過，由得他們自生自滅吧！」

第一六三章

胖子農莊

周宣一邊走，一邊瞧著風景，
這些房子全都是用木料和竹子搭建而成，
地上鋪的是原木地板，見不到一塊磚瓦，
服務員的衣著也很有特色，一身米色的農村打扮，
周宣很意外，京城還有這麼特別的地方。

下午四點的飛機。

周宣在上機前還考慮著要不要給顧園那兒打個電話說一聲，想了想，最終還是決定不打了。恐怕打一個電話就又走不了啦。剛剛經過了這件事，心情總歸是有些疙瘩，這時候，還是趕緊帶著盈盈回家吧。

回京城後，周宣囑咐傅盈，千萬別跟家裏人說出這事，免得父母弟妹擔心。魏海洪也難得沒有把周宣叫到他那邊去休閒消遣，從機場搭車回西城後，就在路口與周宣傅盈分手別過。

回家後，周宣的老娘倒是嘀嘀咕咕惱著，媳婦不是專門過去買結婚用品嗎，怎麼兩手空空就回來了？周宣與傅盈相視苦笑，隨口掩了過去，金秀梅也沒有再多追問。

晚上，周宣的老爸周蒼松和張老大都從店裏到這邊來了，商量後天的開業事情。

周宣倒是忘了這件事，從古玩店準備到現在，好幾個月了，也正常營業做買賣，現在才想起，店可是還沒有正式開幕呢。

張健其實也早準備好了，只是他還想不到要再準備些什麼，又該通知哪些人。

「老大，這事我也想過了，不就是開幕儀式嗎，咱們也賺錢了，沒必要弄得天下皆知吧？」

周宣笑笑說道：「就簡簡單單開個張行了，現在不缺什麼了吧？」

「錢不缺，店裏開張所需要擺來撐門面的東西也不缺，就缺……」張老大沉吟了一下，有些猶豫著。

「還缺什麼？老大，你可不像這麼婆婆媽媽的人，直說吧，我來準備！」周宣給了張老大一拳，笑呵呵地說著。

張老大最近身家大漲，像在做夢一樣，從開始到現在，自己的財富就像坐火箭一般上升，無論如何都想不到，自己的身家竟然也過億了！現在的裝扮行頭可比以前高級得多，衣服上下都是好幾萬一套的，是老婆特地花錢給他買的，說是現在身分不同了，可不能太寒酸。

「開幕那天，我們是不是得請幾個有分量的官場上的人物，以及請一兩個明星……」張老大猶豫地說著。

他有些不好開口，官場上的人物可不像魏海洪，魏海洪身分雖然不同，但卻不是官場中的人，這官方人物也不好請；再說明星，純粹是拿錢砸的，如果要講面子吧，那得請名聲大的，這名頭大的一線明星，動則要花十幾萬，就是一般半紅不紫的那些，也傲得不行，開口就要上萬，來那麼一趟，也許只待個十來分鐘！

張老大是問過行情了，也試著託人問了兩個二線歌星，可是人家開口就要十萬，還不講價。

雖然這筆錢是拿得出，可張老大卻覺得很冤枉，又看不慣那些經紀人一副醜惡嘴臉，再說，這店真正的老闆還是周宣，張老大也不是不明白，要是離開了周宣，他哪裡玩得轉？

張老大粗略估計周宣的身價至少超過十億，那是他做夢也辦不到的事。光是這個古玩店吧，還不是周宣隨口一說就弄出來的事？

就說洪哥這些大人物吧，都是周宣結交的朋友，現在看來，周宣身後似乎還有更多的高層關係，張老大便想，那這個開幕儀式可更不能太簡單了，不能掉了周宣的面子。

周宣對張老大說的事還真沒想過，不就是開張嗎，用得著那麼花心思？想了想，說道：

「老大，我們這個店，不過就是一個古玩店，小店而已，請官場上的人和明星幹嘛？有必要嗎？」

張老大皺了皺眉頭，說道：

「周宣，這你就不知道了。現在，什麼事都要講面子擺排場的，大家也愛看這個，做大生意的人，不怕你吹牛，就怕你不吹，一個比一個能吹。再說，在這行中，哪個不是看你有沒有背景？而開幕這一天能來什麼人，來的人是什麼分量，這就決定了以後其他商家對你的尊重程度，若是沒有什麼有分量的人，還不得備受欺負？」

周宣怔了怔，說實話，他對這些確實沒想那麼多，自己覺得不過開個張而已，做好該有的儀式，隨便過得去就行了，但張老大說的也有些道理，雖然他不喜歡做生意，不喜歡麻煩，但也不是不懂人情世故，如周宣扶持傅遠山，也是在爲他的家人和事業找個保障，張老大做的事，本意上還不跟他一樣嗎？

「那好，老大，你準備一下，找個高檔一點的飯店包下來，請人的事，我來辦。」周宣沉吟著，一邊想一邊說，這些事要張老大來辦，確實有些難，超出了他的能力以外。

張老大走了沒多久，周瑩和周濤兄妹就回來了。周瑩是在古玩店上班，周濤是在珠寶公司，跟著一起回來的，當然還有李爲和李麗。

李爲自然是天天和周瑩黏在一起，反正兩人的事，雙方家長都已認可，婚事也基本上定下來了，他也就公然跟周瑩上下班，給古玩店做了一個免費的打工仔。

李麗跟周濤是在一個公司上班，公司又是周宣這個親哥哥的，自然也沒有別人來說三道四，兩人的關係曝光以來，周宣一家人對她又特別好，漸漸也習慣了，久而久之，早把自個當成了周家的人。

周宣指指沙發，「小麗，都坐下吧！」然後又盯著李爲喝道：「你小子，還要我請你才會坐？幾天不見，架子大了是不？」

李爲嘿嘿一笑，挨著周瑩坐了下來，周瑩身子一扭，起身到傅盈身邊坐下來，說道：

「嫂子，我跟你坐！」

傅盈笑吟吟地拉著周瑩的手，李麗也不好意思地挨著傅盈坐下來，平時跟周濤在一起親暱無所謂，但當著他家人就不好意思了。

周宣笑了笑，看著這一客廳的人，都是他周家的人，只是李爲臉皮太厚，又過去挨著周瑩坐下了。

周瑩臉一紅，喝道：「趕緊回你家去，老賴在我家幹嘛？」

「我還就不走了呢！」李爲涎著臉笑道：「你就是趕我走我也不走，這就是我的家，我是你家的上門女婿呢！」

「呸，無恥！」周瑩紅著臉啐道，對這個李爲，她也沒辦法。

李爲的話把金秀梅和周濤、傅盈幾個人都逗得哈哈大笑。

周宣笑了笑，然後板著臉喝道：「李爲，趕緊跟周瑩把婚結了，成天這樣像什麼樣子？」

李爲卻是不怕他，一副冤屈的表情，說道：

「我的大哥啊，你以爲我不想啊？你就是要我今天就跟周瑩拜堂成親，我也二話不說地答應，可你是這家的老大，周瑩也說了，大哥不結婚，哪裡輪到她？所以我說啊，我的親大哥，你跟漂亮嫂子趕緊把婚結了吧，你們這樣也不成樣子！」

周宣一時氣得張口結舌！

傅盈也是紅著臉說不出話來，要說吧，也確實是，傅盈一個女孩子，又沒結婚，卻早已住在周宣家裏，要說不像話，她比李爲更不像話！

周瑩惱得伸手在李爲背上亂捶，惱道：

「你給我馬上消失，消失！」

李爲趕緊舉手投降：「好好好，我認錯，我道歉，宣哥和漂亮嫂子不是不像話，是很像話，宣哥也說得好，我家裏，老爸爺爺可都是想我跟周瑩早點結婚，但他們也說了，宣哥是大哥，大哥都沒結婚，你這個在家是最小的，怎麼結啊？」

還是金秀梅出來說和了，這幾個傢伙，鬧得大家臉都紅了。

「別鬧了，別鬧了，現在趁你們都在，李爲跟小麗也在，那我就說一下！」金秀梅忍住了笑，一本正經地說道：「現在呢，就先準備給周宣和盈盈辦婚事，然後是老二跟小麗，這個，小麗……」

金秀梅又瞧著李麗問道：「小麗，你爸媽是什麼意思？如果不反對的話，我們就挑個日子，在你哥結婚之後，給你們把事給辦了，你看怎麼樣？」

李麗臉一紅，低了頭，好半天才低聲說：

「伯母，這……這……這事我還沒跟我爸媽說起過！」

兩人都到了這種關係，還沒有跟家裏人說過？

周宣也真是佩服李麗的忍耐性，不過想起李麗的父母，倒是兩個好人，自己又救過她爸爸的命，雖然他並沒有挾恩圖報的想法，但人家肯定是會這樣想，難怪李麗不好說，要是她提出來，她父母準會以爲她是想替父母還債。

慢慢來吧，事情總得一步一步的，水到渠也自然成。

客廳裏鬧成了一團，幾個女孩子嘻嘻哈哈的，周宣很欣慰，這才像一家人，在外面經受了那麼多的危險經歷，只有在這時，周宣才覺得神經鬆弛下來。

在外面一直都睡不著覺，這會兒卻忽然感覺到疲累，他伸了伸懶腰，說道：

「你們玩吧，我有些累了，先睡了。」

金秀梅也看出來兒子一臉疲倦的樣子，趕緊揮揮手道：「去吧去吧，早睡早起！」

平日裏，傅盈還會跟著上樓，與周宣有說有笑的，但現在卻是忍住了，什麼也不說，坐在沙發上不起來。再跟著周宣上樓，說不定還會被李爲笑話成什麼樣子呢，這個李爲，真是什麼都能說出來！

周宣上了樓，到了自己的房間裏，照例把晶體取了出來，運功把晶體能量吸收了，再運轉全身，練過幾遍後，感覺冰氣又精純了不少。

經過了這麼多事，周宣可以肯定，每一次危險經歷後，冰氣損耗越嚴重，恢復過後，冰氣就越精純。

本來是很疲倦的，練過冰氣後，周宣的精神又好起來，不過也不想起身下樓跟弟妹們胡鬧，從枕頭上拿了本書翻起來。

練冰氣不疲倦，但一看書，周宣的眼皮子就打起架來，沒翻幾頁，就沉沉睡過去了。

睡得早，早上也確實醒得早。周宣起床後，洗了個冷水臉，腦子也清醒了，又想起了昨晚張老大說的話，尋思了一會兒，然後給傅遠山打了個電話。

「老弟，還在香港嗎？幾時回來？老哥想跟你喝酒！」電話那邊，傅遠山的話中盡含喜氣。

周宣呵呵一笑，問道：「老哥，有喜事？呵呵，我昨晚就回京城了。」

傅遠山明顯一怔，「你……昨晚就回來了？我還以為你要在香港耽擱幾天呢，回來就好，出來我們哥倆喝個酒，呵呵，上頭的任命下來了，這幾天把移交辦好就上任，所以也難得的清閒了。」

「那好，我馬上出來，我還有事想跟你商量一下！」

周宣也替他高興，正好自己也想找他，把請明星的事說一下，看看他有沒有認識的朋友，因為他是做警察這一行的，免不了要跟娛樂圈打交道，說不定認識的人多，牽個線搭個橋，也不難為他，明星嘛，不就是要錢嗎，對自己來說，錢算得了什麼？

「老弟，你在家等我，我開車過來，別走啊，我馬上到！」傅遠山說完就把電話掛了，免得周宣再說不讓他過去自己來的話。

周宣苦笑了笑，然後下樓，跟老娘和傅盈說道：

「媽，盈盈，我不在家吃飯了，傅局長找我出去，我也有事拜託他，明天店裏就開幕了，我找傅局長幫幫忙。」

金秀梅自然是應下了，兒子的事業也是大事，這一家人還不都靠古玩店、珠寶店掙吃掙喝啊？這可不比以前在鄉下的時候，哪怕沒賺到錢也不擔心，農地有一定收成，最多是沒啥錢用吧，一家人吃喝總是不缺，但來城裏就不同了，哪一樣不要錢？一家子這麼多口人，水電瓦斯，什麼都得拿錢解決。別的不說，就說現在住的這棟房子吧，房子是兒子掏錢買下來的，但聽說每個月還要交幾萬塊的管理費！

爲這事，金秀梅還想不通，悶了好幾天，明明是自己家的房子，怎麼還要給別人這麼多錢？而且是每個月都要付，這一個月的管理費，幾乎是鄉下地裏一年的收入啊！

所以，金秀梅特別注意兒子這幾處公司的生意，讓老頭子和老二老三都本分努力守著，聽說店裏和公司裏的生意非常好，也就放心了，房子要付的錢雖然多，但兒子賺的錢更多！

傅遠山開了一輛黑色的奧迪過來，畢竟是公事上的朋友，周宣等他一到，就直接上了車，沒把他請到家裏，以免老娘說些古怪的話。

傅遠山一邊開車，一邊問道：「老弟，想去哪兒？」

周宣笑笑道：「老哥，咱們倆就不用搞那些客套了，鶯歌燕舞的也沒意思，我聽說郊區有幾處農莊，我們不如到農莊去吃點農家菜，空氣好，環境也好，沒城裏那麼吵！」

傅遠山呵呵一笑，揚了揚大拇指，回答道：「行，就去農莊！」

跟周宣，他確實沒必要玩那些粉味俗事，停了停又問道：

「老弟，你剛剛說找我還有事，什麼事？」

「老哥，我有間古玩店，明天就要開張，都怪我不懂生意上的事，臨到頭才知道。」周宣瞧著傅遠山，尷尬地說道：

「我想請幾個官場上的人和明星來撐撐場面，官場上的人，我就找洪哥，這倒不是難事；但娛樂圈我就不熟了，老哥是當警察的，我猜想跟娛樂圈的人也有些交情吧，老哥有沒有熟識的？能聯繫到人就行，錢不是問題。」

「就這事？」傅遠山笑呵呵地問道，「沒別的事？」

周宣搖了搖頭，回答道：「沒別的事了，就這事！」

「小事，包在老哥身上！」傅遠山笑笑答應著，然後拿起手機撥了一個號碼，戴上藍牙耳機。

「楊總，是我，老傅，呵呵……我有事找你幫個忙，我有個小兄弟開了一間古玩店，明天開業，想找幾個明星過來撐一下場面，怎麼樣？……那好，我們在城郊胖子農莊，你帶人過來吧！」

掛了電話後，傅遠山摘下了耳機，然後對周宣道：

「老弟，事成了，等一下到農莊後，我有個認識的娛樂公司的老總會帶人過來，你見見面，要什麼人當場就可以敲定！」

「這就行了？」周宣倒沒料到傅遠山辦事效率這麼高，自己想了半天的事，他一個電話就解決了。

「行了，老弟，你就別管這事了，等會兒吃飯照吃照聊，明天人到！」傅遠山笑呵呵地擺手，然後開著車，「還有啊，老弟，等一下那個姓楊的娛樂公司的老總到了，你別提錢的事，老哥我是幹什麼的你也清楚，這點面子要是沒有，那也算白幹了這麼多年。」

周宣嘿嘿一笑，沒再說話，傅遠山自然有他的權威，雖然跟自己在一起的時候不覺得，那是因爲自己身分更特殊，他倆處的位置相同，甚至周宣還要高一些，要是面對其他人，傅遠山畢竟是一個廳級高官，只要他開口，大把的人會來拍馬屁捧場。

出城花了四十分鐘，到了郊區又開了五十分鐘的時間，路邊都沒有人煙了，兩邊都是茂密的樹林。

周宣在車裏瞧著車窗外的風景，一下子就喜歡上了這個地方，在大城市裏，可是真難得見到這種地方，這地方，跟鄉下老家很像，青山綠水，到處一片綠意，空氣特別新鮮。

到了目的地，有一個兩百多平方米的停車場，停車場的入口有一根高高的旗桿，上面立著一塊大牌子，牌子上面是四個紅色的大字：

「胖子農莊！」

從停車場中停的車輛數量來看，這兒的生意十分火爆。

傅遠山停好車，下車後對周宣笑了笑，棚房裏早迎出來一個大胖子，瞧那身體，就像一顆圓形的大蘿蔔，笑呵呵的樣子，臉，眼，鼻，嘴，似乎一切都是圓的。一見到傅遠山，就激動地從台階上迎了下來，邊跑邊叫道：

「傅……傅……傅老闆，快請快請！」

看來傅遠山不是第一次來這兒，是常客了，這個胖子顯然知道傅遠山的身分，否則不會這麼激動，如果只是迎接一般客人，那表情就是皮笑肉不笑的那種，而胖子的這副笑臉卻是十分熱情巴結。

傅遠山擺擺手，指著周宣對那胖子說道：「吳二，這是我兄弟，親兄弟的那一種，喜歡安靜，你去準備一下吧！」

吳胖子應了一聲，躬著身轉身就要去準備，傅遠山一招手，又把他叫住了：

「等等！」

「您還有什麼吩咐？」吳胖子趕緊轉身恭候著。

「安排一間大房，等一下還有人過來！」

傅遠山想起了跟娛樂公司的楊總有約，只是還不知道他那兒會有幾個人過來，直接先安排一個大的房間再說。

這地方挺不錯的，周宣一邊走，一邊瞧著風景，這些房子全都是用木料和竹子搭建而成，地上鋪的是原木地板，見不到一塊磚瓦，很藝術，很漂亮。而且服務員的衣著也很有特色，一身米色的農村打扮，腳上還穿著布鞋，周宣很意外，京城還有這麼特別的地方。

在房間裏坐下後，女服務員過來沏茶倒水上餐具。

這間房很大，有四十來平方，周宣對傅遠山笑道：「老哥，這地方真不錯！」

在老闆吳二胖子特意的安排下，由兩名長相十分漂亮的女服務生專門在這邊伺候著，只是還有客人未到，就先只上了茶；而在這間房外面，還安排了一個服務員守著，不讓別的客人到這邊來，以免打擾到傅遠山和周宣。

周宣瞧著這個陣式，笑笑著低聲對傅遠山道：

「老哥，這吳二老闆對你可是像服侍皇上呢！」

「談不上，我也很少來他這兒，就來過兩三次吧。」傅遠山淡淡一笑，輕聲回答著，「以前，這吳二被收保護費的敲詐過，我幫過他，算不了什麼大事。」

傅遠山給周宣添了滾水，杯子裏裝的是花旗參茶。周宣端起茶杯輕輕喝了一小口，嘴裏立時有一股香甜味道，感覺很舒服。

一壺滾水沒用盡，外面就敲門進來一個女服務員說道：

「老闆，您有朋友來了！」

第一六四章

娛樂圈

在娛樂圈中，也無所謂誰背叛誰，
一切都以利益金錢為首，只是有時也略講道義，
以今天來說吧，袁力就有些不講道義了，

雖然是楊中俊的私人關係，但袁力作為他的簽約藝人，
為老闆做事那也是應該且正當的。

傅遠山笑笑道：「請進請進！」

女服務員的臉脹得通紅，一雙眼閃閃發光，周宣還不知道怎麼回事，就見從門外進來了四個人，兩男兩女，其中一個男的四十歲左右，很有點派頭，另一個男的，大約二十多三十歲的樣子，花不溜丟的，很有些花花公子的味道。兩個女的二十來歲，很漂亮，表面看起來是這樣，只是妝化得太濃了，周宣很不喜歡這一類型的女人。

四個人在桌邊坐下了，傅遠山向女服務員招招手，說道：「泡茶！」

兩個女服務員盯著其中進來的那一男兩女，有些發呆，外面門口也有幾個女服務生探頭探腦的，周宣瞧著那個穿得花哨的男人和兩個女的，覺得有點面熟，卻是想不起來到底是誰。

傅遠山向周宣介紹道：

「兄弟，這位是寶城影視娛樂公司的楊中俊楊總！這幾位是……」

那個楊中俊趕緊笑呵呵地說道：

「傅……傅哥，還是我來介紹吧，都是我公司的，這位是……」

楊中俊指著那個花哨男子介紹道：

「這位是袁力，兩位女士，王紫晴，藍茵！」

周宣「哦」了一聲，似乎有些印象了。那個花哨男子叫袁力的，他在電視劇中見過，是最近熱播的連續劇，周宣有印象倒不是因爲他自己看過這部電視劇，而是老娘喜歡看，天天追著看，一回家就見到，所以有印象，兩個女孩子想必是新人，也不認得。

這其實是怪周宣很少注意娛樂新聞，也沒看電視電影，所以並不瞭解，袁力是寶城的一哥，王紫晴和藍茵都是最近新冒起的新秀，正紅上半天邊，炙手可熱，所以幾個服務女生興奮得不得了，她們這兒可是從沒來過明星的，這一來，把寧靜都打破了！

女服務員把茶水倒好，楊中俊就笑呵呵地對傅遠山道：「傅哥，他們三個都是我公司最當紅的，你看明天夠不夠？不夠我再安排幾個！」

傅遠山笑了笑，側頭瞧著周宣，問道：「兄弟，你覺得怎麼樣？」

周宣無所謂，點點頭道：「行，老哥的朋友介紹的，肯定行，那就這樣定了！」說完又從上衣內袋裏掏出支票本，拿了筆，然後瞧著楊中俊道：

「楊總，需要多少費用？呵呵，應該是出場費吧，我現在就開給你！」

楊中俊一愣，來的時候就聽傅遠山說了，是他兄弟的店開業，現在見周宣這種表情，一時間倒是摸不清他跟傅遠山真正的關係，周宣一說，他就拿眼瞄著傅遠山。

這人要是跟傅遠山只是普通關係，那就是傅遠山給他拉生意了，這幾個人雖然很紅，但都是他公司的簽約職員，在合約期限以內，一切生意收入都屬於公司的，如果周宣跟傅遠山沒有特別的關係，那就收一大筆錢，袁力的出場費可是達到了二十萬，而王紫晴和藍茵則是

十萬，現在的錢不值錢，出場費也都是水漲船高，國內一線最頂尖的那幾位，出場哪怕只是露個面，也得花個幾十萬才請得到！

傅遠山當然明白楊中俊的意思，瞧了瞧周宣，手指輕輕在桌子上點了點，然後淡淡道：

「老楊，我好像是第一次跟你提這樣的事吧？」

楊中俊一怔，隨即堆起笑臉，對周宣道：

「呵呵，不多說了不多說了，這位先生，怎麼稱呼？」

楊中俊一聽傅遠山的話，心裏一沉，傅遠山的話雖然口氣很平淡，但骨子裏卻是在暗示他楊中俊不會看人看事！再偷偷注意了一下周宣，他坐的位置可是主位啊，這人才多大年紀？但傅遠山卻是當親哥親老子一樣對待著，自己怎麼這麼糊塗呢？來的時候，傅遠山可不就說了是兄弟的店嗎？

周宣自然沒想到那麼多，掏支票本也不是裝樣子擺闊，雖然傅遠山給他介紹了朋友過來，但該給的還是要給，又不是沒那個錢，不能讓朋友也難做，他可不想爲了這麼點小事讓傅遠山欠別人的情。

「我姓周，名叫周宣，閒著沒事，就開了間古玩店賺點生活費，明天開業，就麻煩楊總了！」

周宣禮貌地站起身，把筆放在支票本上，然後與楊中俊握了握手。

楊中俊陪著笑臉趕緊說道：「哪能說麻煩呢，你是傅哥的兄弟，我幫忙就是應該的，還提什麼錢不錢的，提錢就太見外了，小周兄弟，你就放心，明天，你定個時間，我保準體體面面地來人！」

周宣見楊中俊很熱情的樣子，也不好意思就收起支票本，這種客氣話誰都會說的吧，說到底，還是給錢的好，想了想，就瞧著傅遠山。

傅遠山哪能不知道？如果楊中俊要收錢，那他還找楊中俊過來幹什麼？便也沒跟楊中俊說話，只是對周宣淡淡道：

「兄弟，楊總跟老哥我還是有幾分交情的，這事你就聽他的安排，別的你什麼也不用管，你要出錢的話，那不是伸手打老哥的臉嗎？」

「是啊是啊，小周兄弟，什麼也別說了，傅哥就是我親大哥一樣的人，你是他兄弟，那就是我兄弟，要提錢的話，那就是伸手打臉了，什麼都別說了，別說了！」

楊中俊趕緊說了話，傅遠山這話已很明顯，他要是收了這個錢，那就是瞎了眼，趕緊一邊陪笑說著話，一邊又打量著周宣的身分。

看傅遠山對待他的樣子，肯定不是傅遠山的兄弟，如果是他自家親兄弟，那傅遠山就不會是這麼慎重的表情了，自己兄弟雖然要照顧，但用不著像對待祖宗一樣，從這一點就能看出來，周宣不是簡單的人物，他的身分也絕不僅僅是如他所說，是閒著沒事隨便開一間古玩

店找生活費的樣子！

楊中俊雖然明白，可他帶來的三個藝人顯然都不清楚狀況，尤其是那個袁力，很明顯地對周宣看不上眼，如果不是因爲看到老總對傅遠山親熱的樣子，只怕閒話都說了出來，現在好歹忍著。

人都是這樣的，沒出名的時候想出名，什麼苦都能忍，一旦出名了，就會自覺身分高了，層次高了，做什麼事都要考慮一下，這事配不配他的身分檔次。

袁力瞧著周宣的樣子，也就是掏個支票本出來顯顯擺，明知道楊總不會收，還要偏偏擺一下架子，裝什麼裝？根本就是土包子，最多也就是一暴發戶，開個什麼破古玩店也要把他請去，配嗎？楊總也不知道是怎麼想的，對這樣的土包子都像祖宗一樣捧著，真是越來越不入流了。

此刻，他心裏又想起了紅影公司對他私下裏邀請挖角的事，說是考慮，其實是心動了，當然，主要心動的是對方的條件，按那個條件，自己的收入可是要比現在至少翻一倍了，人嘛，誰不是往高處走呢？

王紫晴和藍茵倒沒多想，只是像她們這類剛竄紅的新人，走到哪兒都是歡呼和掌聲，習慣了被眾星捧月的場合，來之前，聽老總說是重要的朋友，到了一看，卻是個普通人，而且這兩人對她們好像沒有一點熱情度，心裏就覺得不喜歡，對她們不熱情的人，八成都是鄉下沒見過世面、不知道她們名氣的土包子！

傅遠山見人都到了，對女服務員招招手道：「服務員，把菜單拿過來。」

等到菜單遞上後，傅遠山翻了翻，然後笑笑著遞給周宣，說道：「兄弟，你來點！」

周宣也不客氣，拿過菜單一翻開，菜大多都是素的，就點了幾個青菜，然後瞧了瞧後面，終於看到幾個特色菜，土雞火窩，清蒸魚，但這兩樣的價錢有點特別，土雞火窩後面寫著，一百六一斤，清魚八十一斤。

周宣有些詫異，問道：「你們這兒的菜都是自己種的嗎？」

那服務員點點頭，回答道：「是啊，這農莊有好幾甲地呢，都是老闆承包下來請工人種的，沒有用化學肥料，也沒有噴打農藥，完全有機的綠色食品。」

「那這個土雞呢，怎麼會這麼貴？一百六一斤，太貴了吧？」周宣又問道。

當然，對他來說，一百六一斤的雞，這個錢不算什麼，只是他也明白，在城裏的菜市場裏，很多品種的雞，貴的七八十，最便宜的才十幾塊，可還沒見到一百六一斤的雞。

周宣也只是隨口這麼一問，卻不想袁力和兩個女明星瞧著周宣的行爲更是厭惡，十足十沒見過世面的鄉巴佬，一百六一斤的雞也嫌貴，那魚翅燕窩的還不得讓他傻了？

那女服務員倒是很認真地回答：

「先生，是這樣的，我們這雞也是自己養的，品種是純土雞，是在農場裏放養的，沒食用過任何飼料，每一隻都只能養到三斤的樣子，所以比別的雞貴一些……」

「好好，貴就貴一些吧。」周宣笑笑著擺擺手又道：「那就……」看了一下人數，然後才接了下去，「那就先來五斤吧，不夠再加。」

除了楊中俊和傅遠山不覺得周宣的話上不得臺面，袁力和兩個女星都覺得周宣太土，叫些青菜白菜的，一百來塊錢一斤的雞也是來個五斤吧，還不夠再加，實在是有夠俗，他們被那些有錢的商家名人請去，哪一頓不是隨便就得掏個三五萬的？瞧瞧這兒，都是什麼地方，城裏哪間飯館酒店不好，偏要出城跑這麼遠，來這麼偏僻的地方吃青菜？

這一餐飯，周宣跟傅遠山、楊中俊三個人吃得挺好，傅遠山跟楊中俊也聊得很高興，只有袁力、王紫晴、藍茵三個人不高興，幾乎都沒動筷子，只是礙著楊中俊的面子忍著。

周宣也沒怎麼在意，有些人天生客氣，女孩子又大部分害羞，吃東西可能會不好意思。吃完這頓飯花了一個多小時，瞧著袁力一副極不耐煩的樣子，周宣頗有些不好意思，招手對服務員道：「結賬吧！」這些人是拍戲賺錢的，時間自然寶貴了，明天還要耽擱人家，現在也不好意思讓他們久待，還是趕緊把他們送回去。

服務員拿了簽單過來，遞給周宣道：「先生，一共是一千零一十九元！」

周宣掏出錢包來準備拿錢，傅遠山伸手按住了他，微笑道：「兄弟，這要你掏錢可就不像話了，我來吧，當是老哥的升官慶賀！」

周宣笑笑道：「那慶賀也得我來慶，又不是很多，千兒八百的你跟我爭個什麼？要是一萬多，呵呵，那我就不爭了，由你來！」

這話當然是說笑的，傅遠山自然明白周宣的底子，跟周宣就是別談錢，講錢，京城裏比他狠的也不多，標準的深藏不露型，不過周宣既然這麼說了，也就不再跟他計較，誰給都一樣。

周宣打開錢包，不由得怔了怔，錢包裏就三四百塊現金，當即取了銀行卡遞給女服務員。

但那女服務員不接，躬身行了一禮，恭敬地說道：

「對不起先生，我們這兒不能刷卡！」

周宣有些尷尬起來，說道：「不好意思，我現在身上沒那麼多現金，不能刷卡的話，那……」沉吟了一下又道：「那你們跟我到市區取錢吧，取了錢我再補給你們車費！」

那女服務員當然不會同意了，不過他還沒說話，傅遠山便說道：「兄弟，沒現金就我來吧！」

但傅遠山掏了錢包後，打開了也是尷尬不已，他的現金不比周宣多，銀行卡倒是有幾

張！

傅遠山比周宣更有甚之，天天待的地方都是警察局，在辦公室裏，吃喝拉撒一切都不用花錢，出去也有專車，即便是出去吃頓飯喝個酒，那也有大把的人爭搶著買單，哪用得著他自己掏錢？所以平時對錢是沒有半點印象的，到了要真用錢的地方時，才會發覺沒那個東西！

這一來，袁力和兩個女明星更是瞧不起周宣和傅遠山了，瞧樣子，就像兩個鄉下來的騙子，騙吃騙喝一樣。

這當然也是因爲楊中俊沒有向他們說明傅遠山的身分，只說是重要的朋友，不過，像楊中俊這樣的商業大佬，他的私下關係當然不會跟手底下的藝人說了。

場面稍稍冷了一下，楊中俊趕緊掏出皮夾來。這一掏更加尷尬，他連皮夾都沒帶出來！像他們這一類人，自然不會是爲錢而擔憂的人，帶不帶錢，沒那個概念。

傅遠山當即揮手對那個女服務員道：「跟你老闆說，記我賬上，回頭我給他！」

那女服務員本想要拒絕，心想：店裏可是從來不賒賬的，但忽然又想到，這一間房的客人可是老闆囑咐過的，要好生招呼，千萬不能怠慢，想到這兒，馬上對傅遠山低聲說道：「先生，請稍等，我去跟老闆說一下！」

這也怪吳二胖子太激動了，又因爲傅遠山身分特殊，所以他也沒跟這些員工說明，只讓好生伺候，卻沒想反倒是出了這麼個事來。

不一會兒，吳二胖子就領著那個女服務員急急趕來了，進房裏就直抹汗，對傅遠山躬腰直道歉，連連道：

「傅……老闆，對不起對不起，都怪我沒跟服務員說清楚，您是我的恩人，能來我這裏就已經是我的福分了，哪還能收您的錢？要收您的錢，那就是天打五雷劈了！」

傅遠山搖搖手，淡淡道：「吳二，你也別責怪你的員工，這事她又沒錯，怪只怪我們都身上都沒帶錢，卡是有，呵呵，吳二，你還是到銀行申請個機器吧，那樣就不會弄得這麼尷尬了。這錢我回去後會叫人給你送來，就這樣吧，我們走了！」

吳二胖子苦著臉道：「不……不能……」

但傅遠山已陪同周宣往房間外走了，楊中俊趕緊跟在後面。袁力、王紫晴、藍茵三個人很是不痛快，起身就走，但到門外時，卻給幾個女服務員圍住了，嘰嘰喳喳地問他們幾個能不能簽個名？

這個當然是不能拒絕的，人多還要考慮安全，人少自然就無所謂了，對待粉絲還是當客氣的時候就客氣，粉絲是他們的衣食父母嘛。

到停車場後，楊中俊熱情地對周宣說道：「小周兄弟，等會兒回去，我跟袁力一輛車，

紫晴和藍茵小姐就坐你們的車吧。」

楊中俊的話說得很直爽，一點也不隱晦的樣子，其實意思大家都明白，就是要王紫晴和藍茵兩個女星跟周宣套套交情，拉拉關係。

袁力和王紫晴、藍茵三個人當時就沉下臉來，王紫晴和藍茵對楊中俊還有些忌憚，畢竟是老闆，她們的名氣，還不都是他的公司拿錢堆出來的？

但袁力似乎有些恃驕而寵，臉一沉，冷冷地說了一聲：

「這樣不太好吧，我們是藝人，又不是陪客的，說好店開張去一下，只要檔期沒衝突，有時間去一下也無所謂，可是楊總，你可別被人騙了，現在的社會，從鄉下來的騙子多著呢！」

傅遠山一怔，臉一黑。

周宣嘿嘿一笑，說道：

「楊總，勞煩你了，我不會開車，也沒有車，我是坐傅老哥的車過來的，袁先生既然這麼說，我看還是來時怎麼來，走時就仍舊怎麼走吧，這樣方便！」

楊中俊頓時臉紅得發紫，一時想要發火，卻又不好在周傅二人面前發作出來。

傅遠山哼了哼，伸手指著楊中俊點了點，張了張嘴，卻什麼也沒說，然後拉著周宣，轉身到他那輛奧迪開門上了車。

等到奧迪車開出了農莊，吳二胖子還在躬身送著傅遠山，一大群女服務員都站在外邊，楊中俊也不好發作，沉沉道：「上車！」

把車開出農莊餐廳，直到見不到農莊的影後，楊中俊才向坐在副座上的袁力喝道：「袁力，你今天是不是吃錯藥了？拆我的台是不是？跟老子提身分，你什麼身分？不是我把你捧起來，你算哪根蔥？告訴你，你就是一個戲子而已！」

王紫晴與藍茵兩個女孩子見楊中俊忽然火氣爆發，嚇得在後座上，聲都不敢出。

袁力從沒見過楊中俊發這麼大的火，而且是對公司裏的一哥啊，平時楊中俊對他可是百依百順的，今天是怎麼了？愣了愣，然後也脹紅了臉道：

「楊總，你這是什麼意思？難道我對你的貢獻，還不如剛剛那兩個鄉巴佬？」

「鄉巴佬？」楊中俊氣不打一處來，破口大罵，「你是替我賺了不少錢，可你也別忘記，是我把你捧起來的，要是沒有我，你賺什麼賺？一個人貴在有自知之明！什麼鄉巴佬？我告訴你，我的身分不差吧，可是你說的那兩個鄉巴佬如果要找我的麻煩，隨便找個碴就能讓我的公司開不下去！你說他是什麼人？別以爲你現在演了幾部戲，紅起來，就可以把人不瞧在眼裏，一副上等人的模樣，想想看吧，十年前你是什麼模樣？還罵人家是鄉巴佬，你他媽的還不是連鄉巴佬都不如！」

袁力從來沒被人這樣罵過，更何況這個人是他的老闆，面子上如何掛得住，也惱道：

「楊總，話也別說得這麼過分，那姓傅的和姓周的又有什麼了不起？京城高官大富我可認得很多，關係鐵的也多得很，惹到我頭上，叫他吃不了兜著走。瞧他倆那樣子，不就是混黑社會的嘛，黑社會有什麼好怕的？」

楊中俊氣得七竅生煙，猛地一下剎住了車，對袁力吼道：

「下車，下車，你給我滾！」

袁力呼呼喘著粗氣，一把推開車門，跳下車後，回身對楊中俊冷冷道：「楊總，現在找我的公司不是沒有，你可別逼我！」

楊中俊也冷冷道：「你想怎麼樣？別忘了，你跟我可是有合約在身！」

「嘿嘿，不就是錢嘛，我們的合約只剩半年了，按照合約規定，違約也是看合同期限的，就半年時間，要賠你，不過也就幾十萬罷了！」袁力哼了哼說道：「楊總，我可不是被嚇大的，再說，在這個場中這麼多年，我也有些人脈，大家好聚好散就罷了，真想鬧翻，我可告訴你，這可是在京城，上面我也是有人的！」

「滾！滾！」楊中俊惱怒地一踩油門，把車開起來，袁力的話太囂張了，這個白眼狼！

說實話，在娛樂圈中，也無所謂誰背叛誰，一切都以利益金錢爲首，楊中俊如是，袁力等人也如是，只是有時也略講道義，以今天來說吧，袁力就有些不講道義了，雖然是楊中俊的私人關係，但袁力作爲他的簽約藝人，算是他手下的正式員工，爲老闆做事那也是應該且正當的，只要不是很過分的事。

何況今天的事也不算過分，又沒叫他袁力出賣色相、出賣尊嚴，讓王紫晴和藍茵坐傅遠山和周宣的車，就是有想拉關係的意思，但這也還沒有到出賣色相的地步，哪個公司公關部業務部的女子不陪客戶喝酒吃飯？

王紫晴囁嚅地問道：「楊總，那……那個傅先生和周先生又是什麼人？」

楊中俊這時情緒已經慢慢平息下來，好一會兒才回答道：

「紫晴，藍茵，你們都是我楊中俊手下的人，說實話，我楊中俊雖然不是很厚道的人，但對你們也自認還算不錯了，這兩個人是什麼人，我告訴你們，姓周的我不知道，但那個傅先生，可是東城警局的局長，眼下又剛剛升任副廳長，聽說是上面直接任調的人，前途無量啊，不出三五年，也許就是警政廳的紅人，那袁力太不自量力了，在這個社會中，過硬的交情可不像他以爲的吃幾頓飯就是親兄弟好哥們兒，我不否認他與京城某些高層有關係有來往，但如果真有事，真放到了臺面上，某些無關緊要的小事那也罷了，如果是像傅局長這樣的事，人家會爲了他一個戲子去得罪一個廳級的高官？笑話！」

「那明天我們還去不去他們那店裏？」王紫晴又低聲問道。

「去，怎麼不去！」楊中俊哼哼著道：「不僅要去，而且還要給他們撐足面子。剛剛傅

局長可是生了氣，我們可得給他消這個氣！」

傅遠山開著奧迪一個勁地加油門，臉色陰沉。

周宣笑了笑，勸道：「老哥，算了吧，無所謂，我們犯不著爲了這個人爭個高低吧，又不是死仇，反正是花錢請人，那姓袁的不來就不來吧。再說，我看那楊總對老哥還是很不錯的，只是他手下那個姓袁的不聽使喚而已！」

傅遠山哼了哼道：「兄弟，我知道，就是這樣我才更生氣，這麼個混蛋來攪局，偏又出了結賬那麼一齣，搞得那姓袁的罵你是土包子！」

周宣淡淡道：「罵就罵吧，他說得也沒錯，我就是鄉下來的土包子，我看他也只是虛榮心特別強而已，我們沒必要跟他一般見識，跟他也沒什麼好鬧的！」

傅遠山又哼了哼，閉了嘴沒再說話，只是開車，也沒問周宣，把車直接開回宏城花園。

周宣下了車問道：「老哥，到家裏坐一坐吧，消消氣。」

「不了，我還有事，你也要準備準備明天的事，我就先走了。」傅遠山搖搖頭拒絕了周宣的邀請，跟周宣揮了揮手，然後開著車走了。

周宣回屋後，只有劉嫂跟老娘在家，聽她們說，傅盈跟妹妹周瑩一起到店裏去了，想幫妹妹忙，明天店裏開幕，人手緊張，都忙不過來，現在家裏除了她一個人，其他人都在忙。

周宣回到房間裏獨自悶了一會兒。今天那個袁力一口一個土包子地罵他，確實也有點惱，雖然剛剛跟傅遠山說不介意，但心裏確實有些不爽。

到了下午，李爲過來了，跑到周宣的房間裏來，笑嘻嘻地扔了一個小本子給周宣。

周宣打開本子一看，裏面放著四張駕照，取出來一看，見是父親周蒼松、弟弟周濤、妹妹周瑩幾個人的駕照，詫道：

「李爲，我們都沒學開車，你辦了駕照有什麼用？你這傢伙，好的不學，就搞這些歪門邪道的！」

李爲嘿嘿笑道：「宣哥，我的大舅子，你就別囉嗦了，這天底下就這樣，人人都幹的事，你偏要不合群，你說吧……這……哎呀！」

第一六五章

開幕儀式

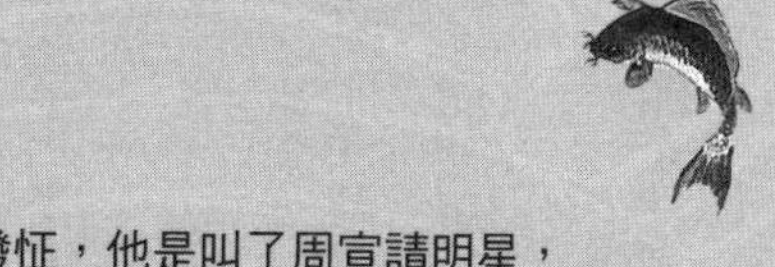

張老大也是有些發怔，他是叫了周宣請明星，
但今天周宣請的人太讓他意外了！
來的竟然是響噹噹的一線明星，
而且不止一個，而是來了一群，
個個都是當下正紅的藝人，這得花多少錢啊？

李爲正說得口沫橫飛的時候，忽然間身上一涼，身上的衣服鞋襪、內衣內褲全都消失了，一身寸縷不掛，面對著周宣怔了怔，趕緊伸手遮住了下身，驚道：

「宣哥宣哥，我錯了我錯了，你把衣服褲子還給我吧，快還給我！」

周宣哼哼道：「沒有，還不回來了！」說完氣哼哼走出房門。在李爲看不見他的時候，這才偷笑起來。

這個李爲，真是臉皮越來越厚了。不過說歸說，笑歸笑，他還挺喜歡這小子的，妹夫嘛，看來是要好好教育教育，這小子現在對他可是越來越沒上沒下的了！

李爲慌慌張張地把周宣衣櫥裏的衣服隨便拿出來穿了，舉著手投降道：

「宣哥宣哥，我認錯我認錯。」

聽李爲閒扯了一陣，周宣催著他回去：

「李爲，你這厚臉皮，算了，小瑩的駕照你拿過去給她吧，女孩子就喜歡被人捧著，不過我可勸你啊，這駕照辦了也就算了，可不能隨便讓小瑩她們開車啊，至少得讓她學會了才行！」

周宣明白，這駕照可以隨便辦，但沒練好開車技術就上路開車，那是對自己生命的不負責。

李爲笑嘻嘻地說道：「宣哥，你就放心吧，這我還不知道？現在啊，就是你讓小瑩開車，我也不讓，傷到哪兒我可捨不得。我早安排好了，我讓我爸找了三個部隊裏的運輸兵來教你們，學車嘛，最容易壞車，所以我爸也安排了三輛軍用吉普車，隨便練，撞成碎片都不怕！」

說完，李爲又「呸呸呸」啐了幾口，才道：「什麼撞不撞的，周瑩我自己教，安排的三個教練就是給你和二哥，伯父的。」

「行行行，去吧。」周宣也隨意地揮揮手，反正車也已經早訂下了，學車是必要的，駕照也拿回來了，現在先學著也是好事。不過又馬上把李爲叫住了，說道：

「李爲，讓你爸派兩個人就行了，我讓你嫂子教我。」

李爲笑嘻嘻地點頭去了。

爲了明天的古玩店的開業，一家人都在忙，連盈盈都跟著周瑩忙得不可開交，準備著明天店開幕要用的花籃盆景。

今天的事又很窩火，那個什麼袁力的明星太白目，讓老傅也跟著臉上沒面子。晚上傅遠山又給周宣打了個電話，說明天的事不用擔心，已經準備好了，簡單幾句話就完結，絲毫沒有提起袁力那件事。

周宣也沒提起，本來還想勸一下傅遠山，別爲了袁力這個人氣惱，但他自己不說，淡忘

了也好，沒必要再跟他提起來。

晚上，傅盈和周瑩回來也沒來煩擾周宣，兩人都累了，明天還要早起，也都早早睡了。

早上天還沒亮，周宣就起床了，因為傅盈跟周瑩昨天夠累了，也沒叫她們，就自己一個人先搭車過去古玩店那兒。

周宣已經起得很早了，古玩店那邊，周宣老爸周蒼松起得更早，早早就把店門開了，店裏也收拾得規規矩矩的。

在店裏，周蒼松很得店裏員工的喜歡。雖然是老闆，可他從來就沒有老闆的架子，而且什麼活都幹，什麼事都搶著幹。

周蒼松的行為在員工們看來是太好的老闆了，但對周蒼松自己來說，他是真喜歡勤快做事，這些事比起老家地裏的活，已經是一個在天上，一個在地下了。本來他這個人一天不幹活就會腰酸背痛的，有點活幹，心裏也有股勁，況且這些也都是自家的事，幫別人也是幫了自己。

周宣一到，周蒼松乾脆到外面的早餐店買了兩份早餐回來，放在桌子上，豆漿還冒著熱氣，兩根油條，兩個包子，說道：「兒子，吃油條包子，這豆漿還是熱的，趕緊吃，冷了就不好吃了！」

周宣也不客氣，跟自個老子自然是不用拘束的，拿起油條就吃，又喝了一口豆漿，熱豆漿喝到嘴裏還燙嘴。

店裏周蒼松早打掃安排好了，也不急，父子倆剛吃完，店裏的員工就陸續過來了。因爲今天開業，張老大也囑咐過，今天提早過來上班。

再過半小時，傅盈和周瑩也來了，在花店訂的花籃盆景也送過來了，周宣父子和店裏幾個店員一起動手，把花籃盆景擺好。

然後張老大和老吳也到了，張老大一雙眼紅紅的，顯然這幾天沒休息好。

「周宣，明星和官場上的人，都請到了嗎？」張老大最關心的還是這件事，店要開業了，最重要的是在同行面前顯示一下分量，以後好做事。

周宣點點頭，伸手拍拍張老大的肩膀，笑道：「老大，別緊張，都安排好了，以後做事也不要那麼拼命，別累壞了啊，錢是賺不完的，夠用就好！」

張老大哪有心思跟周宣說這些，爲準備開幕的事早弄得焦頭爛額的了。今天周張古玩店的開張，張老大按照禮數，給潘家園的古玩店老闆們都發了請柬，可是一直等到快十點鐘的時候，都沒有一家過來。

張老大如熱鍋上的螞蟻轉來轉去，然後拉著周宣到裏間悄悄說道：「周宣，我可是請了潘家園所有的古玩店老闆，怎麼一個人都沒來？」

周宣看了看時間，點點頭道：「再等一下，時間還早，再說，這些人來不來又怎麼樣，

咱們也不靠他們過日子，來了咱們當朋友對待，不來也不去招惹他們，無所謂！」

「可是……」張老大擔憂地猶豫著，到時真連個捧場的人都沒有，那面子掉得就太大了。再說，這也表示你並沒有真正進到這個行業內，沒有被同行們認可，以後搞不好就被他們使了絆子。

在古玩界是有這麼個規矩的，古玩不打假，做的就是一手交錢，一手交貨，銀貨兩訖的買賣，事後絕不認賬，無論是不是假貨贗品，買到假的，那也只能怨自己眼力差，技術不夠好。很多玩家買到假貨了，即使知道後也是閉口不言，從不對外人說，說了那是丟自己的臉。

周宣這麼一說，張老大是欲言又止，周宣確實有運氣，有能力，也有很厚實的背景關係，但在同行中，如果人緣沒交好，被孤立起來，那也是很難生存的。

前一段時間，顧老三的麻煩是被魏海洪幫忙解決了，但魏海洪不想太多人知道，所以，顧老三被抓的真正原因外人並不知道，都以爲顧老三只是走私古玩私下交易，逃漏稅之類的問題，卻不知道一切都是因爲周宣他們這間古玩店引起的。

所以到現在，潘家園這邊的古玩店老闆都不知道事情的真相，平時張老大也顯擺過，說自個兒後臺硬得很，但現在的人，哪個不知道大家都是吹的？吹得越厲害越好，背後信不信，大家可不都是心知肚明的。

其實這些古玩店老闆都是私下裏約好的，對每一個新進來的店主，幾乎都是排斥的，除非你有超強的後臺，張老大雖然請過他們，但哪有那麼容易的事？

他們已經商量好了，準備在今天看他們的笑話，開張的時候，一家同行都不來，然後大家合力夾殺他們的生意，這樣，他們撐不了兩個月就得關門大吉。

張老大是真急，差不多到了十一點，仍然沒有一間古玩店的老闆過來。

張老大到隔壁的店問了一下，隔壁店的店員都說老闆不在，有事，這不明顯是跟他們過不去嗎？一說有事，全部店老闆都有事，可平時，很多店老闆幾乎是整天都在店裏的，怎麼偏偏就今天不在？這事，瞎子都能想明白。

不過，這些店主雖然沒來，別的客人卻是都過來了。

最先來送花籃和禮物的是魏海河，花籃條幅上寫的是魏海河祝周張店生意興隆，財源廣進。魏海河是魏海洪的二哥，京城地面上的第一人，第一位送禮的竟然是他，周宣倒是沒想到。

不過，別的人可不知道魏海河是誰了，就算知道也不相信，只以爲是跟他姓名相同的人，或者是周宣和張老大往自己臉上貼金的假做法罷了。

張老大也不知道此人是誰，他到底離京城核心權力的高層人士很遙遠，他根本沒想到，

這魏海河就是魏海洪的兄弟。

魏海河本人並沒有來，而是派秘書過來送的禮，之後，周宣又安排人將秘書送到酒店那邊去，今天他們是包下整間飯店的。

接著來的是李家人，李雷和兩個兒子的賀禮，因爲他家老三與周瑩成了婚姻關係，兩家就是親戚了，所以不得不來，如果只是論交情的話，李雷是肯定來的，兩個兒子就不一定了，又都在外地做官。

不過，花籃賀禮上都只寫名字，而沒有寫單位等名稱。後面來的是魏海洪的大哥，然後是魏海洪自己，傅遠山的賀禮卻很明顯寫了東城警局。

人越來越多了。張老大也發現到不少古玩店的職員溜過來偷看，估計是來探虛實的。魏海洪和李爲倒不把自己當客人，而是幫忙接待客人。這些古玩店的人自然是不認識他們了，不過普通人不認識，不表示別的人不認識。

到十一點整的時候，楊中俊到了，跟他一起的有七八個人，男男女女的，男的英俊，女的漂亮，關鍵是所有人都認識他們，因爲他們是明星，大家天天在電視上見著的！

而楊中俊今天帶來的，除了王紫晴和藍茵外，還有旗下一些名聲最響的老牌藝人，就是沒有袁力。

說實話，楊中俊今天帶這些明星來，本是想慶祝一下，湊湊熱鬧，來了才發現，這只是一間小小的古玩店而已，不禁有些納悶，一間普通的古玩店值得他們這麼多大牌過來捧場嗎？

但一瞧見魏海洪和李爲，這些明星，包括楊中俊都吃了一驚！

魏海洪和李爲他們可都是認識的，尤其是魏海洪，他的身分不用說，在京城的商圈中，魏海洪跟楊中俊這些商界大腕來往頗多，誰不知道這位億萬身家的太子爺？

他今天竟然也在這兒，還幫著這間普通的古玩店迎賓，這是他們會幹的事嗎？在哪兒他們不是被人捧得高高的，當祖宗一般供著？能去就已是對主人給足了面子，去了還給人家當苦力做事的情景，他們可是破天荒第一次看見！

這個店老闆周宣，究竟是什麼人物？

楊中俊不得不重新來審視周宣的身分了，一開始只以爲他是傅遠山的鐵哥們兒，但現在看來，周宣的身分遠不止於此，神秘得很啊。

周宣隨意地讓魏海洪和李爲在店裏幫忙迎接來賓，而魏海洪和李爲也是毫不爲難地去做，如果是一般人，能這樣從容地指揮動他們倆？就算是傅遠山吧，見到魏海洪和李爲，那也不可能是這種態度！

曾經見過周宣的王紫晴和藍茵都有些傻了，她們雖然風光，勁頭很盛，但在魏海洪和李爲這些人面前，也不過只是想依傍大樹的小演員而已。

魏海洪更是遠比李爲的花花公子身分不同，包括名聲更響更大的明星，都得巴結著，人家一句話，那可是真能決定她們的前途啊。可以說，魏海洪若是想讓她們哪個紅，那她就一定會紅，如果要哪個在娛樂圈中消失，那就絕對不會再在娛樂圈中見到這個人！

因爲魏海洪不光是有令人害怕的身分，他自己的身家也是驚人的數字，其中也包括飲食娛樂。

楊中俊自然是熟悉這位大少爺的，愣了一會兒，就溜過去悄悄向魏海洪問了一聲好。

魏海洪還真沒接觸過這樣的事，忙得暈頭轉向的，所以對很多認識的人也都是一言帶過，招呼著讓人往酒店送。

對楊中俊的問好，魏海洪也只是隨意點點頭，微笑道：「好，老楊，我忙暈頭了，等會兒自個開車跟我們的人到酒店！」

楊中俊點點頭，又悄悄道：「魏少，你跟周先生什麼關係？」

「我兄弟！」魏海洪隨口答道。

這時，很多人都被楊中俊帶過來的大牌明星所吸引，都圍了過去寒暄，好在這不是演唱會，即使人多，也不會引起混亂。

話。

楊中俊呆了呆，瞧著魏海洪又到另一邊了，趕緊溜到一旁，跟自己的人小心說了幾句話。

張老大還請了專門的樂隊，三千塊一天，這些人出租專業的音響，還可以主持和演唱，唱歌的人都有些功底，但都不出名，只是專門靠這些普通商演來賺取收入。

其中有兩個女的能唱，唱得也還有模有樣，不過唱的都是些軟綿綿的情歌，開始唱得很興奮，後來見來了這麼多真正的演藝界明星，倒是不敢唱了，也有些傻了！能請到這樣的人來，還請他們幹嘛？

當然，這都是張老大的安排。不僅是準備了這個，還搞了許多促銷、抽獎活動，而禮品也分了等級，最高的是一塊價值十萬元的翡翠玉件，最便宜的則是普通的玉掛件，價值一百元，但都是真貨，只是等級不同。

楊中俊偷偷安排了一下，當即有個女歌手上前，對主持人甜甜地說道：

「你好，我可以唱首歌嗎？」

那主持人一呆，然後趕緊把麥克風遞給她道：

「當……當然可以！」

這個女星名叫秦紫煙，算是國內的一線女星，最近還有向國際影壇進軍的動向，因爲前年也拍過一部好萊塢的戲，戲份不多，但那部片的導演是國際大導演，秦紫煙雖然戲少，但

憑著這部戲也得到一致的好評，片酬也是青雲直上。

能見到秦紫煙本人，又是在這麼近的距離，主持人和旁邊的人都是激動得直發顫。

秦紫煙接過麥克風，輕輕說道：

「各位來賓，各位朋友，你們好，我是秦紫煙！」

在一片熱烈的掌聲後，秦紫煙才又微笑道：

「今天周先生這間店開業，我和我的朋友們，代表寶城娛樂向周先生祝賀，祝貴店生意興隆，財源滾滾，在此，我獻上一首歌，借花獻佛！」

然後秦紫煙低聲地問那主持人：

「有恭喜發財的曲子嗎？」

「有有有，馬上放！」主持人直是點頭，然後從電腦選歌的歌單裏找出這首歌來。

在秦紫煙溫柔又動聽的歌聲中，大家都有些陶醉了。

張老大也是有些發怔，他是叫了周宣請明星，自己也想過要花點錢請一兩個來，但今天周宣請的人太讓他意外了！來的竟然是響噹噹的一線明星，而且不止一個，而是來了一群，個個都是當下正紅的藝人，這得花多少錢啊？

周宣也昏了頭，人太多，又因為這時來了這麼多明星，潘家園的其他店裏有大把的人過來看熱鬧。

這個舉動倒是讓那些躲在後面看形勢的老闆們吃驚發愣，也覺得有些不安了，這個周宣和張老大是不是傻了？這麼多的明星那得花多少錢啊？這麼一間小小古玩店，生意都不知道會怎麼樣，就算過得去，能賺出這些開支來嗎？

如果老闆不傻，那就是有後臺了，否則哪裡請得到這些一線明星？像秦紫煙這樣等級的，可不是有錢就能請到的！

魏海洪抽了個空到店裏去休息一下，李爲則帶了幾個朋友開車到酒店，這時候也一趟一趟來回跑。這邊太忙，周宣乾脆把周瑩和傅盈安排到酒店那邊招呼客人，她們也是主人嘛。

張老大忙得不亦樂乎，來的人個個讓他喜出望外，他請的古玩店老闆們雖然沒來，但來的可卻都是身分了不得的人。

周宣趁空躲到一旁偷偷歇著，但卻偏偏輪不到他休息，因爲李家老爺子和魏老爺子這兩個人來了！

兩個人連同兩名警衛，開了一輛車過來，車停在外面的停車場，一到這邊，周宣遠遠便見到了，趕緊過去迎接。

魏海洪在裏間招呼，李爲也不在，就周宣一個人認識他們，立刻笑呵呵地把兩位老人迎過來。

聽秦紫煙唱著歌曲，魏老爺子笑道：

「周宣，你這兒挺熱鬧的嘛！」

周宣笑道：「今天開幕，說實話應該熱鬧，但我卻偏偏就怕熱鬧。呵呵，兩老爺子，等會兒李爲過來了，馬上送您二位到酒店，那邊有包廂，比較安靜。」

這時候，藍茵正演唱一首「牧羊曲」，年輕女孩嬌嫩的嗓音，比原唱的又是另一種滋味。

老李和老爺子兩個人都站住了聽著歌，老爺子笑道：

「這現場版的聽起來可真是不同，這首歌啊，我就是喜歡聽！」

「聽什麼聽啊，兩個老頭子懂什麼音樂！」

老爺子話聲一落，旁邊冒出一個男人聲音嘲道。周宣幾人側頭一看，竟然是那個袁力！

周宣怔了怔，這傢伙真是冤魂不散，自己不找他麻煩，他怎麼還跑這兒來撒野了？楊中俊沒跟他明說嗎？

的確，楊中俊昨天跟他鬧翻後，就沒再碰過面。袁力現在也不是一個人，而是有三四個人和他在一起，另外三個都是三十多的男人。

楊中俊一見到他們幾個，當即一怔，因爲袁力身邊站著的那個中年男人，他可是熟得很！

這個人就是他的眼中釘，也是他的對手，東方影視娛樂有限公司的老總方家成。這個方家成，實力比他確實強那麼一籌，也好幾次壞了他的好事，可楊中俊還得咬牙忍著。

因爲方家成後臺很硬，聽說上面一位高官是他親叔叔，所以楊中俊還不能跟他明著對幹，得忍著退一步，要是不退這一步，估計他的公司活著都難！

楊中俊一見到這個方家成，又瞧瞧袁力，馬上就明白了，袁力現在是靠上了方家成，難怪會把傅遠山不放在眼裏了，這也是，傅遠山一個分局局長，跟高層核心還是差了一大截！

只是，現在這個節骨眼上，楊中俊面上又如何能掛得住？

老爺子臉色一沉，淡淡道：

「哪裡跑來這麼個東西在撒野？」

老爺子的兩個警衛虎視眈眈盯著袁力，只要老爺子開個口，立馬就把他拿下！

袁力和方家成自然是沒見過老李跟老爺子這些深居簡出的絕頂人物，見只是兩個白髮蒼蒼的老頭子，自然是分毫不瞧在眼裏的。

袁力嘿嘿冷笑道：「楊總，今兒個我可是專門過來瞧瞧你要捧著的人，方總是我的新老闆，跟你說一聲！」

方家成打了個哈哈，說道：「老楊，聽說你靠上了個局長，來這兒就是爲了拍局長馬

屁，本可是下得不小，不知道值不值啊？」

方家成把袁力帶來，也就是爲了羞辱一下楊中俊，也料到楊中俊不敢公開觸怒他，誰讓他背後站著的是叔叔這樣的有力人士呢？

這個世界講的就是實力，就是強者生存，他方家成能公開把袁力從楊中俊手中挖走，那就是他的實力。

楊中俊氣得一時脹紅了臉，又確實不能發作，只是袁力那一副嘴臉讓他忍受不得！如果不是他，袁力能有今天？呼呼喘了幾口氣，楊中俊終於忍不住說道：

「方總，袁力是我旗下的藝人，還有合約在身，你這樣做，是不是要同整個娛樂圈公開對幹了？遊戲規則總是要守的吧？」

方家成哈哈一笑，伸手拍了拍袁力，然後對楊中俊說道：

「老楊，規則嘛，是人定的，既然是人定的，那自然就會有人改了，你說是不是？袁力嘛，這個就不好說了，俗話說得好，水往低處流，這人嘛，就得往高處走了，個人的想法，我們怎麼能制止？他願意到我這兒來，呵呵，你說吧，要多少錢？我想，你也不會爲了這屁大點事，跟我鬧到公堂上吧？」

楊中俊氣得直哆嗦，惱道：

「你……欺人太甚，我跟你說，姓方的，你別太過分！」

方家成摸摸下巴，嘿嘿說道：

「這叫過分嗎？嘿嘿，你說是就是吧，我想，你應該懂的！」

瞧了瞧楊中俊帶來的那些藝人，不禁又嘖嘖道：

「嘖嘖嘖，老楊，今天你這麼下血本，值得嗎？這人是幹什麼的？古董？嘿嘿，賣古董的不就是一個賣尿壺的嗎？得，老楊，讓他給你們一人一個千年的尿壺！」

周宣都皺起了眉頭，這傢伙嘴太臭了。

以老爺子和老李的修養都聽得受不住了，這傢伙，純粹就是欠揍！

老爺子對周宣道：「周宣，你這廟雖小，可是新開張的店也不容這臭嘴傢伙在這兒大呼小叫的，上去抽他的嘴巴子！」

老爺子這樣說，當然就是給周宣出氣立威的機會，這兒他是老闆嘛，是主人，這方家成不看主人面，上門來鬧，那已經是很過分的事了，老爺子在場，那就是給了他指示，只管去幹！

周宣面對老爺子的低聲吩咐，點點頭，轉到楊中俊面前，對楊中俊道：

「楊總，你今天是我的客人，開心點，好好玩吧！」

說完，反手一耳光便摑到方家成臉上。

這一巴掌很脆，很響，打得讓他們一群人和楊中俊這邊的人都愣住了！

第一六六章

打入冷宮

方家成偷偷瞄著兩位老爺子，身子都有些打顫了，
別看平時在外面囂張得不得了，但對魏海洪這些人來說，
他等級還差多了，更別說面對兩位老爺子這樣的大人物了，
這事若是他叔叔知道了，鐵定把他打入冷宮了。

好一會兒，那個方家成才醒悟過來，捂著紅了的臉怒氣沖沖，他還沒說話，他身邊的人和袁力卻竄上前罵道：

「你是什麼東西？敢打方總？你這店還想不想開了？媽的，打死你……」

周宣毫不客氣地又一巴掌扇在袁力的臉上，對這暴跳如雷直想在方家成面前表現的傢伙狠狠一耳光！

那方家成霎時發作！原想是來丟丟楊中俊的面子，打擊和引誘他旗下的藝人，這個動作很明顯，也很有誘惑力，他來就是讓楊中俊手下那些當紅藝人看看，跟誰才有前途，但沒想到，這個名不見經傳的古玩店老闆竟然敢出手打他！

就是打了袁力也不行，打狗還看主人面嘛，可是這傢伙，居然連主人和狗都一起打了，知道不知道他是什麼人？

但他帶來的人不是打手，人又少，要對周宣這邊出手，肯定是要吃虧，他沒想到有人敢對他們動手，暴怒之下，掏出手機就打，這個氣，如何能消！

老爺子惱道：「這是哪家的混賬，如此囂張？」

周宣搖搖頭道：「不知道啊，楊總大概知道吧。楊總，這傢伙是什麼來歷？」

楊中俊也被突然發生的這個情況搞傻了，他十分明白，周宣惹到麻煩了，這事就算傳遠山也不好出面啊，不管怎麼說，周宣先打人了就落於下風！

瞧著跑到門外大打電話拉人的方家成，楊中俊面色有些發白，低聲對周宣說道：

「小周兄弟，你可惹大麻煩了，趕緊給傅局長打電話商量一下，讓他去講個人情，這事儘量大事化小吧，否則你就真麻煩了。這個人，聽說他親叔叔是高層大官方副書記！」

老爺子皺著眉頭問道：「高層大官？哪個方副書記？叫什麼名字？」

「方青山！」楊中俊低聲說了出來。

對老爺子和老李這兩個老人，周宣很恭敬，楊中俊猜想兩位是他家裏的長輩吧，雖然有些面熟，但並不認識，這時還是勸勸周宣趕緊想辦法，否則等會兒方家成找了人來，他這店怕是就開不成了，在場的人，怕是也有麻煩了！

老爺子哼了哼，老李頭一個忍不住了，轉頭對身後的警衛說道：

「打電話叫李雷來處理這事，方青山嗎，叫他到部隊裏去要人，他方家不懂教育，讓我兒子給他上上課！」

場面一時失控，因爲周宣動手打人，楊中俊帶來的明星都縮到了角邊上，唱歌的，主持的，都停下來，尤其是楊中俊這一群人，他們可都是認識方家成的，這個人可不是能隨便被人打的，更別說還是被周宣這種沒有強硬後臺、又沒多少錢的普通人打了！

當然，他們看到的也是表面的，周宣的這家古玩店就算撐到天，也不過幾百萬的身家吧，就不算雙方各自的背景關係，只論身家財產，周宣也是遠不及方家成的，這個局面，無

論怎麼看怎麼想，也是一邊倒了。

因爲歌聲停止了，又聽到外面的嘈雜聲，魏海洪趕緊出來，見到老爺子和老李都過來了，詫道：

「李叔，爸，您二位來了？這兒太吵了，我讓李爲趕緊來把你們送到酒店那邊去！」

「送什麼送？這兒的事還沒搞清楚呢，這一走，小周這店恐怕就被人砸了！」老爺子沒好氣地說道，然後指指在門口外面打電話的方家成一夥人。

魏海洪一怔，問道：

「怎麼回事？」

楊中俊猛一瞧到魏海洪，怔了怔，隨即一拍頭，剛剛怎麼沒想到呢？魏海洪和李爲剛才就在這兒給周宣幫忙，自己怎麼忘了？有他們的關係，興許就好說了，只是不知道周宣跟他們的交情到什麼程度，但在這個節骨眼上，也顧不得多想了，趕緊對魏海洪把所有的事簡單地說了一下。

魏海洪一聽，頓時眉毛一豎，冷冷道：

「方家成，他這是吃了熊心豹子膽了，這個混賬！」

方家成打了電話，囂張地又走了進來，先踹了一腳邊上的架子，架子一晃，上面的玉器掉了幾件下來，跌了個粉碎！

魏海洪哪等得他再發威耍橫，衝上前，就給他一陣劈頭蓋臉的亂打，方家成的兩個人和袁力都不敢上前幫忙。

這些人，耍耍嘴皮子還行，真要動手打架，還沒那個膽，主要就是瞧著周宣這邊人更多，瞧兩個老頭子身後那兩個男人，正沉著臉瞪著眼盯著他們呢，哪敢上前伸手幫忙。

方家成被打得暈頭轉向，滿地找牙，好不容易才躲開魏海洪的暴打，退了好幾步，捂頭捂臉地罵道：「姓周的，你這店是不想開了吧，那好，我告訴你，今天，你這裏的人一個也別想走，老子要給你們好看！」

「那好，方家成，我等著！」魏海洪冷冷說道。

剛剛動手猛力了些，一時還有些氣喘，然後又吩咐店裏的夥計搬兩張椅子給兩位老爺子。

等兩位老爺子坐下後，又說道：「爸，李叔，你們要不先到酒店去吧，這兒太吵！」

老爺子手一擺，淡淡道：「不，我倒要看看這個方家成搞出什麼花樣來！」

在邊上的楊中俊腦子沒轉過彎來，因為他聽到魏海洪叫「爸」，好一會兒才明白，張開了嘴卻又強行忍住了，用手捂著嘴！

方家成也站穩了身子，定睛瞧清楚了剛剛打他的人是魏海洪，呆了呆才問道：

「三哥，是你啊，你怎麼會在這兒？」

「老子是你哪門子的三哥？」魏海洪冷冷地道：「姓方的，你來砸我兄弟的場子，你到底想幹什麼？還有，我可告訴你，別拿你那一套來對付我兄弟，否則你收不了場，我兄弟可是開店做正經生意，你是想砸店，還是想撤銷他的營業執照？」

「你的兄弟？」方家成愣了愣，又瞧了瞧站在他身邊的周宣，甩了甩頭，然後又連連說道：「等等，等等，這事有誤會，有誤會！」

「屁個誤會！」魏海洪指著他，冷森森地道：「方家成，你叔叔跟我二哥同在京城地面爲官，我也不想把你弄到不可開交的局面，我先跟你說清楚，免得你到時候說我沒提醒你，今天可是你來找碴兒的！」

方家成臉色煞白，趕緊搖著手道：

「不是不是，絕對不是，三哥，真有誤會，我不知道這個店的老闆是你兄弟，是袁力告訴我說……」

「袁力？他算哪根蔥啊？袁力說你就信，你就照辦，他讓你吃屎你吃不吃？」魏海洪一時沒好氣地惱道。又瞧了瞧四周的人，把身子湊近了對方家成，用極低的聲音說道：

「方家成，我家老爺子和南方軍區副司令員李雷家的老爺子在這裏，我告訴你，兩位老人家很生氣，要是把你叔叔叫來，你叔叔會不會把你的腿打斷？」

方家成本就覺得兩個老頭兒有點面熟，他雖然沒親眼見過，但電視、新聞上有時見過，開國元勳雖然老了，很多年沒露面了，但相貌大致上還是看得出來，聽魏海洪一說，立即便想了起來，剎那間，全身毛髮似乎都豎了起來！

冷汗也刷刷冒出來，方家成趕緊道：

「三哥三哥，這事有誤會，有誤會，你還是請兩位老爺子先休息，我馬上收場，三哥，不管怎麼樣，我都先給周先生賠個罪，這事是我不對，一來請諒解，二來我會彌補彌補，這個我叔那兒……」

方家成一邊抹汗，一邊偷偷瞄著兩位老爺子，身子都有些打顫了，別看平時在外面囂張得不得了，但對魏海洪這些人來說，他等級還差多了，更別說面對兩位老爺子這樣的大人物了，這事若是他叔叔知道了，鐵定把他打入冷宮了。

魏海洪瞧著方家成，又看了看兩位老爺子，老爺子的表情不置可否，這個樣子，魏海洪還是明白的，他二哥魏海河在京城初任新職，站得並不穩固，最近又出了些案子鬧心，實不宜跟幾個副書記之類的官員表面上鬧僵。

政治體制內是很微妙的，只要不是到公然撕破臉的程度，就算是對手，表面上也得笑臉相迎，在這樣的情況下，其實與方青山也不宜公然撕破臉，如果此時放方家成一馬，事後必

然傳到他耳朵裏，怎麼樣對方都會懂的。

魏海洪沉吟了一下，然後哼了哼，低聲道：

「方家成，今天你來給我兄弟破了這麼大個面子，這事我說了不算，你得讓他自己來說，看他是什麼意思！」

方家成呆了呆，這個見都沒見過的周宣，普通又令人惱恨的面孔，怎麼又會是魏海洪的兄弟了？瞧著兩位老爺子都在此，這個周宣的身分能簡單嗎？不是非常的人，能把這樣身分的兩位老人請來？

而且他也很明白，別說是他，就是他叔叔，在這兩位老人面前，也是屁都不敢放一個的！

看來一切還是怪袁力這個狗雜種，聽他說是傅遠山的好朋友，傅遠山小小一個局長就無所謂了，但扯到魏家李家這樣的家族上，方家成就吃不消了！

難怪連魏海洪這個太子爺都在這兒打雜！

憑這一點就應該明白了，方家成恨不得給自己兩個耳光！真是傻啊！

方家成臉脹得通紅，不過這時候不是生氣，而是害怕以及羞愧，這個臺階，不用對方給，他自己就得下，還得讓對方滿意！

想了想，方家成回頭瞪了一眼袁力，然後又回頭對周宣陪著笑臉道：

「周先生，誤會，誤會，能不能給個面子，請周先生諒解？」

周宣望了望兩位老爺子和魏海洪，又瞧了瞧楊中俊，這個楊中俊像傻了般，還不清楚是怎麼回事，他當然不知道兩位老人家是什麼身分，剛剛魏海洪說的時候，也是放低了聲音悄悄跟方家成說的，所以他仍然不知道，但瞧見方家成公然向周宣道歉，並求他原諒，這就有些發怔了，周宣到底是什麼身分？

「行，你要我說那也行。」

周宣瞧得出來，老爺子是要狠敲一下這個方家成，但卻不想把方家成逼到絕路，趕盡殺絕。

周宣已經不是以前的那個周宣，站的位置不一樣，想法和思想自然也不一樣了，很多事不是想怎麼樣就怎麼樣，也要考慮各方面的因素，很多事只能點到爲止，見好就收。

周宣又瞧了瞧發怔的楊中俊，想了想才對方家成道：

「方總，這位楊總是我朋友，這個袁力是他的人，這麼說，你應該明白我的意思了吧？楊總滿意我就滿意！」

楊中俊是傅遠山請來給他幫忙的，也是因爲他，才讓袁力變心，跟方家成反目，楊中俊可是在場最難堪的人，自己好壞也應該幫他一下。

現在看，方家成對他絕對是不敢再存什麼壞心了，要不趁這個機會給楊中俊出口氣，那

就是真的沒面子，有時候，爲朋友出口氣，要遠比爲自己出氣暢快得多。

方家成一聽周宣的話，心裏頓時明白了，怒火早已經騰騰升起來，這都是袁力鬧起來的，當然，他也是有責任的，如果不是他想挖角袁力，之前就私下給袁力出高價，邀請他過來的話，袁力也不會過來。

但袁力也把自己看得太高了，價碼也趁機提得更高，最可恨的是，袁力這混蛋把周宣說成只有傅遠山這個靠山，這可是把他冤得太厲害了！

他興沖沖跑過來，想羞辱打擊一下對手楊中俊，卻沒想到得罪的卻是周宣。更沒想到的是，周宣竟然有他做夢也不敢想的強大背景，這可是把他害慘了，還不知道叔叔知道後會怎樣懲罰他！

暴怒的方家成轉頭盯著袁力，把袁力都嚇得退了一步，顫顫地問道：

「方總，怎麼了?你……你叫的人就……就快到了吧？」

不說這個還好，一提起，方家成就更火了，抬腿就一腳把他踢翻在地，惱道：

「姓袁的，給我滾！」

袁力吃了一驚，爬起來叫道：

「方總，方總，你這是怎麼了?我……我們還沒簽好合約呢！」

「還他媽的合約？」方家成氣不打一處來，指著他的鼻子罵道：「滾吧，告訴你，東方公司永遠都不會跟你簽約，滾！」

袁力慌了神，不簽約，那表示他就失業了，方家成不要他，他還能回寶城？再說，這樣一鬧，他的名聲肯定受損了，當即道：

「方總方總，您可不能過河拆橋啊，要是你不打電話約我，要我到東方來，我怎麼會跟寶城毀約啊？」

「去你媽的，你算什麼啊，這麼沒人品的東西，我們東方能要？」

方家成更是氣惱，袁力現在提起他們私下協商的話，那就更是拆了他的台，丟了他的面子啊！

「滾，今天你能背叛寶城，明天就自然會背叛東方，這樣沒有信義、沒有人格的人，東方能要嗎？馬上給我滾，我再也不想見到你！」

袁力呆了一下，怎麼也想不到會是這個局面，昨天他還拿腔拿調，以自己的名氣跟方家成要價碼談條件，狠宰了一下方家成，按他們協商的條件，袁力現在的收入可比以前在寶城的酬勞要高一倍，而自己跟寶城還有未結束的合約，也由東方來搞定，現在東方忽然不要他了，方家成反悔了，這是怎麼回事？

方家成是個明白人，別看做事不擇手段，但也知道有些事幹不得，有些人得罪不得。比

如今天吧，這個周宣就是他得罪不起的，楊中俊既然跟周宣有關係，那就不能得罪他，今天這個場面，看起來是不得不低頭了，自己還叫了人，等一下那些人要來了，自己還得收拾殘局！

「楊總，今天我老方得罪了，請多多原諒！」

方家成的臉像變戲法一樣，馬上由陰轉晴，陪著笑臉對楊中俊道：

「楊總，俗話說，生意場上沒有永遠的敵人，今天我老方就給楊總握個手，以後我們就是朋友了！」

楊中俊當然明白，方家成是看在周宣這些人的面子上才這麼做的，打狗還得看主人面，以後得跟周宣把關係搞好，本來是想好好給傅遠山撐足面子，卻無意中跟周宣打下了交情，剛剛還在想，今天是得不償失了，卻沒想到，世事難料啊，塞翁失馬，焉知非福呢？

「方總，我們本來不就是朋友嗎？呵呵，算了算了，有些誤會就不必說了！」楊中俊與方家成握了握手，兩人的恩怨，這一握手，算是化解了。

「這個人……」方家成指著袁力說道：「楊總，你該怎麼處置就怎麼處置，與我們東方可無關，該告則告，該賠則賠。還有，我給圈內朋友說一聲，像這樣沒誠信的敗類，以後都不能要！」

方家成的話把袁力嚇得魂飛魄散，這些大佬要是封殺了他，那他以後還怎麼混？如果僅僅是東方和寶城不要他，以他的名氣，降低一些價碼，或者還能在別的小公司接一些零工，但如果把事情鬧大了捅出去，各家公司聯手封殺他，那他就真的完了，在娛樂圈，那是肯定找不到頭路了！

「行，就依方總說的辦！」楊中俊點點頭，然後又對發呆的袁力冷冷道：「袁力，你就好好等著法院的傳票吧，我們還有半年的合約吧，不多，也就百多萬的賠償，對你袁大明星來說，不過是小菜一碟而已！」

說完，楊中俊想了想，又湊近了袁力低聲道：

「姓袁的，我還告訴你一件事，我手上還有一份資料準備交給檢調機關，我給你的酬勞可是不少，聽說你逃漏了不少稅，隱瞞實際收入，這可不好，這可是違法的事，你怎麼能幹呢，要是在牢裏再蹲上個一年半載的，那可就……」

袁力頓時嚇得臉色慘白！

這些事，說實話，哪個大牌明星沒幹過？這都是盡在不言中的潛規則，媒體上時不時爆出某某某逃漏稅的消息，那還不是得罪了不該得罪的人……本來他是指望靠著方家成，新老闆後臺硬，前老闆即使有什麼事，也會考慮利害關係，有些事雖然交惡，但業界內的潛規則還是不能打破，否則只會讓其他藝人心寒。

但像袁力這樣的事，那又不同了，各家娛樂公司的大老闆聯手封殺，誰敢說個不字？再

說，袁力是完全不顧信義而做，在面子上，這是為所有同行所不齒的。

袁力越發害怕了，如果楊中俊真按他說的辦，就不僅僅是賠償違約金的事了，而是要吃官司，搞不好還要吃牢飯，要真到那一步，他就算是徹底毀了！

只是，怎麼會到這一步呢？

楊中俊已經瞧清了形勢，不再理他，轉身對那些仍然在發怔、不知原因的旗下藝人打招呼，安排下一個唱歌的人，把氣氛搞活絡起來。

楊中俊頭腦特別靈活，明白眼前這裡的重心在那兩個老爺子身上，安排幾個女星唱的都是早期知名的老歌，王紫晴、藍茵、秦紫煙幾個人雖然對這些老歌都不太熟，唱得略微走調，但無傷大雅，老爺子和老李也不是專業人士，聽不出那些細節，但頻頻點頭，很是開懷，這就夠了。

雖然都是老歌，但新腔新調，比起傳統的老歌原唱又多了新的情調，又因為這些都是明星大腕，古玩店的來賓漸漸多了起來。

也因為魏海洪暗中打了招呼，這地面上的相關單位部門都派人過來送禮送花籃，來的時候都是一身公務行頭，這可是把暗中聯合在一起，準備孤立周張店的古玩店老闆們嚇到了，派了員工私下過來察看，還真的是，而且那些部門的人來了都是很低調的樣子。

其實有魏海洪這樣的人在，他們能不低調嗎？這些公務單位來的都是該部門的頭頭，對魏海洪的身分可是清楚得很，這個場子，如何不捧？

不多時，那些古玩店老闆們的盟約便土崩瓦解，一窩蜂地訂花籃準備禮物過來了，就沖現在的場面，瞎子也知道周張店的老闆後臺不得了，他們憑什麼跟人家過不去？

人家分明就沒把他們瞧在眼裏，你去不去無所謂，人家不在乎，而且你再怎麼聯手，也害不到他們，這些公務部門可不是自家開的，換了是他們，這些頭頭能來嗎？再說，他們花得起那個錢，請這麼多大牌明星來嗎？想想就知道了！

由於來的人太多了，而且沒有保安，場面不太安全，周宣趕緊叫李爲安排人把楊中俊的這些藝人送到酒店，當然也包括老爺子和老李，店面這邊就交給張老大來管，他自己也跟著過去。

方家成早在外面堵住了他叫過來的人馬，讓他們撤了回去，然後再到店裏跟張老大問好了摔碎的那幾件玉器的價錢，並再挑了好幾件，當場開了支票，當作最先購買交易的客人，然後又即時送了花籃賀禮，之後又跟到了酒店。

今天這巴掌是白挨了，好在還沒惹出更大的禍事來，否則可沒辦法收場，別說自己的事有麻煩，就是他叔叔那一關，只怕也不好過。

京城飯店是京城地區內最高檔次的飯店了，周宣已經包下了一整天的席位，所以大廳小廳，包間，通通都屬於周張古玩店開幕慶賀地點。

李為把兩位老爺子和警衛安排在一間包廂中，然後又把楊中俊和幾個藝人明星安排在一間大的包間中，傅遠山和魏海河的秘書張先正在談話，在見到老爺子的那一剎那，也是嚇了一跳！

到包廂裏後，傅遠山和張秘書當然要過去請安了，就在包廂中陪著兩位老人家說話。兩人也不是外人，張先是老爺子二兒子的秘書，老爺子當然是知道的，所以陪著兩位老人家談了些家常事。

老爺子半句也不提公務上的事，傅遠山當然也不會說了，儘是問些身體啊、飲食等等的小事。

老爺子瞧著傅遠山有些緊張，也就笑笑道：

「小傅啊，你可別拘束，聽周宣說了，你們倆很合得來，呵呵，我這個小朋友啊，該精明的時候呢，他傻，該傻的時候，他又精明，有你這麼個大哥看著還是不錯，來來來，別拘束，喝茶喝茶！」

老李也笑呵呵地道：

「是啊，對著我們兩個老頭子哪能不拘束呢，呵呵，都是一家人，小傅，我的孫子李為是周宣的妹夫，周宣的未婚妻又是魏家老二的乾女兒，再說，老魏可是把周宣當親兒子一樣看待，只是現在不得不給他降了一級，當孫子看待了！」

傅遠山笑臉祝賀，表面上沒有變化，但其實心裏可是震驚不已！

原來就想到兄弟跟魏家李家關係不淺，但卻沒想到會是這麼深厚！李爲跟周宣妹妹的關係，還有傅盈跟魏海河的事，傅遠山還真不知道！

第一六七章

過河拆橋

「方總，你可不能過河拆橋啊，那那那……
那個酬勞可以商量，不要翻一倍，就跟原……原來一樣，
不不不……比原來還少一成，這個……」
袁力結結巴巴把話說了出來，
不過心裏十分擔心方家成會把電話掛掉。

看傅遠山有些發怔，張先笑笑低聲道：

「傅局……呵呵，應該叫你傅廳長了，魏書記家裏已經在開始準備傅小姐出嫁的事了，到時候，你可得在這邊啊！」

傅遠山一怔，周宣結婚，他當然得到周宣那邊去啊，這事還真不好開口說了，那邊是周宣，這邊是傅盈，兩邊都一樣，再說了，這邊還有魏海河呢，這可是他的頂頭上司。

張先論級別是比他要低，但核心高層的秘書，到了下面基層地方，那還不是遇官大一級了，他跟傅遠山早提出來，一是拉交情，二是說笑，三也是擺明了，只要他傅遠山願意，就是魏海河那邊的人，這個傅遠山是明白的。

老爺子早聽到了，呵呵笑道：「你兩個嘀咕什麼呢，我來說吧，小傅還是到周宣那邊去吧，結婚的日子，周宣那邊是主角，缺的是人，你這邊缺啥？老大老二老三都在，都不過去，你拉他幹什麼？」

張先尷尬地笑了笑，傅遠山也趁機不再談論這個話題。

就在這個時候，周宣也進包廂裏來了。

「兩位老爺子，不好意思，今天還讓您二位來看笑話！」周宣說是這樣說，但臉上卻是沒有不好意思，然後又對張先和傅遠山問候了一聲：

「張秘書好，勞煩你了，傅哥！」

張先也是在此時才聽人說起店那邊的事，皺了皺眉頭，說是要上一下洗手間，老爺子自然是知道他給兒子彙報去了，笑了笑不置可否。

周宣笑了笑又說道：「兩位老爺子，張秘書，傅哥，這個……我過去招呼一下客人，等會兒過來。」

老爺子一擺手：「去吧去吧，今天把你拉住也是不行的，你是老闆，不招呼客人那是禮節不周，我們你就不用管了，自己人也用不著那麼客套。」

周宣笑嘻嘻出房，然後到了另一間房，這間大包廂裏是楊中俊和六七個藝人。

七八個人談得正高興，因為八個人中，有五個是女星，女人嘛，自然話多一些，正說著周宣的事，不知道這個年輕的古玩店老闆是什麼來路，居然能降得住方家成。

方家成可是她們藝人不敢得罪的大老闆，周宣卻是說得罪就得罪了，甚至還動手揍了方家成，這在她們想來，那是想都不敢想像的事，而且方家成事後居然還低三下四地認錯道歉，馬上又趕走了袁力！

熱透半邊天的袁力袁大明星，就這樣被封殺了！

來到京城飯店後，又被這種出手震驚了！那間古玩店能有多少利潤？看看這些開銷派頭，京城飯店的等級檔次，包下整間飯店，那錢可不是小數目，而且這還不是有錢就能辦到的，京城飯店是有一定官方背景的。

手底下的藝人們七嘴八舌地談論著，猜測著，只有楊中俊喝著茶，微微含笑。

這事，他算是清楚了，雖然還不知道周宣跟魏李兩家人到底是什麼關係，但瞧兩位老爺子的態度就知道關係匪淺，但這些都只能放到心裏面，不能說，自己今天雖然被方家成出了醜，但能跟周宣打下交情，這已經是撿到寶了！

看樣子，周宣也是一個很懂情義的人，與他們這種奸商有本質上的區別，他從心裏可以感覺得到，這個朋友值得交，只是心裏也不明白周宣到底是什麼身分。

秦紫煙巧笑嫣然地問楊中俊：

「楊總，這位周先生倒是真人不露相啊，從來他店裏開始，一直到現在，我覺得他不可能只是一個普通的古玩店老闆吧？我可是看到魏大老闆、李公子都在給他當下手呢？還有，這店裏他們古玩店的主持人，也就是那個傅小姐，那個漂亮，那個氣質，我都嫉妒了，楊總，你說說，透露透露？」

楊中俊笑呵呵地道：「怎麼，紫煙，動春心了？」

秦紫煙笑吟吟地說：「怎麼，不能認識啊？再說，我們藝人的日子，楊總可不需要我們來說吧，就那幾年青春飯能吃，有哪個女孩子不想趕快釣個金龜婿呢？」

秦紫煙身邊的藍茵和王紫晴笑意吟吟瞧著她，她們兩個是最先接觸周宣的，這個男人初一看，確實很普通，說話似乎也很老土，她們兩個可著實是把周宣當成了鄉下土包子，車也不會開，吃隻雞還要嘀咕著算一下多少錢，一千塊錢的帳單，幾個大男人都拿不出錢，出的醜可夠多了。

可楊中俊發了脾氣後，她們就覺得不太對勁了，到了今天，從一開始古玩店的場面一直到現在，所有的一切，都讓她們覺得周宣越來越是個謎了！

說實話，楊中俊當然也不知道周宣有沒有老婆，結沒結婚。再說，現在的社會，有沒有老婆，結沒結婚，那也沒什麼，說白了，男人跟女人的事，搭上周宣這樣的人，結不結婚又有什麼關係？能從他身上得到什麼就夠了。

秦紫煙當然也是說笑，在某些大場面中，她們的笑，就是一種調和劑，也是她們的武器。

在幾個人說笑中，周宣進來了。

楊中俊趕緊把周宣拉到身邊坐下，笑道：

「周老弟，當真是說曹操，曹操到啊，這幾位漂亮的小姐都在問你有沒有女朋友呢，這叫我怎麼回答？」

秦紫煙幾個女孩子都嘻嘻笑了起來，周宣在對女人的事上面確實臉薄，臉紅了起來。

「這個問題嗎，我來替他回答吧！」

也不知怎麼的，傅盈竟然從門口走了進來，一邊走一邊淡淡地說著：

「我是他的女朋友，不，應該是未婚妻，我姓傅，叫傅盈，很高興認識你們！」

傅盈落落大方地自我介紹著，然後笑吟吟地瞧著秦紫煙幾個女孩子。

秦紫煙幾個人都是一怔，沒料到進飯店後一直注意的這個美麗到極點的女孩子，就是周宣的未婚妻！

漂亮的女人是最不願意看見比自己更漂亮的女人，秦紫煙她們這些明星一直都是活在觀眾的追捧當中，這樣的人自然不希望看到有比她們更耀眼的了。

互相打量當中，秦紫煙雖然嫉妒，但還很知趣。她可是現下國內最熱最紅的女星之一，傅盈再漂亮，那也只是一個普通的女孩子吧，再說，如果她不漂亮，不出眾一點，又怎麼會得到周宣這種大少的青睞呢？

周宣倒是有些不自在起來，楊中俊是說笑，幾個女星見慣了這種場面，這種事是很正常的，但有傅盈在場，他就不自在了，主要也是太在乎傅盈了。

秦紫煙雖然長得也很漂亮，但如果跟傅盈一比，那就明顯給比下去了。

傅盈笑吟吟地挨著周宣坐了下來，這讓楊中俊也不敢胡亂說了，訕訕地不好意思著。

周宣當即想到了李爲，這傢伙要是在這裏就好了，調和場面他倒是個好角色。

也不知道是怎麼回事，李爲居然就真的進來了，笑呵呵跟秦紫煙打了個招呼：

「嗨，美女們，你們好……喲……」側頭瞧著傅盈，笑道：「漂亮嫂子也在這兒啊？我在外邊到處找你呢！」

傅盈哼了哼，說道：「李為，都是你認識的朋友吧？」

周宣是無比的尷尬，雖然傅盈也知道沒什麼，但就是見不得人家給周宣介紹女人。

李為其實是故意進來的，在外面時，周瑩見到傅盈跟著哥哥過去了，那裏邊坐了好幾個漂亮女明星呢，不知道嫂子會不會吃醋？一擔心就趕緊把李為拖過來，叫他進去採風。

李為自然是天不怕地不怕的厚臉皮，這些事沒有他擺不平的。

傅盈是什麼心思，李為心明明白得很，笑笑道：

「是，都是我認識的，呵呵，給大家介紹一下，這位周宣周老闆呢，是我大舅子，這位美麗的小姐呢，是我大舅子的未婚妻傅小姐。我漂亮嫂子來頭可不小啊，華人首富紐約傅家，知道不？我漂亮嫂子就是傅家的獨生女，傅家千億產業的繼承人，厲害吧，嘿嘿，嚇你們一跳吧！」

李為的話一說完，傅盈是喜氣盈盈，而另一邊的人，楊中俊八個人卻是驚得呆了！

華人首富傅家，他們當然清楚，全球都排得上號的富翁，楊中俊也是億萬富翁，但他這個億跟傅家的那個億，可就天差地別了！

秦紫煙等幾個女孩子呆了呆，越發地對周宣感到好奇起來，這究竟是一個什麼樣的人？

神秘的身分，神秘的身家，這時候，甚至還冒出來一個更神秘的身分：華人首富傅家獨生女的未婚夫！

秦紫煙一開始對傅盈還只是嫉妒她的美貌，好在覺得自己比她有名氣，比她的光環更多更亮，所以還把自己放在比傅盈更高的位置上，但李爲的話卻是無情地把她的念頭打破了！

女孩子怎麼樣也不如嫁得好，也因此才有那麼多灰姑娘想著一朝嫁入豪門，麻雀變金鳳凰，對豪門中的公子少爺有一種天生的幻想。但傅盈竟然是華人首富的獨生女，那身家是多少？用億來計算也有好幾百個吧？

秦紫煙的尊貴心理一下子被打了個粉碎，幾個女孩子對傅盈就只有「羨慕嫉妒恨」了！

傅盈很高興，這個李爲，真不愧是自家人，這個妹夫，很懂得她的想法！李爲這麼個介紹法，無疑是把這群女孩子的念頭打斷了，當然，人家並不一定就有那種想法，只是傅盈先做好防範，不給對方機會而已。

飯店的服務員這時候開始上菜了，菜式是周宣早訂好了的，每桌九千九百九十九元，從上來的菜式，王紫晴和藍茵互望一眼，不禁嘻嘻一笑，昨天還在嘲笑周宣土氣加小氣，可看看今天的場面，就這桌菜吧，沒上萬塊拿不下來，而且這整間飯店都包下來，想想得多少錢啊？

又想到，吃綠色的素菜味道，恐怕就是有錢人的愛好吧，因爲平時大魚大肉的吃太多了。

李爲又把傅遠山和張先拖了過來，畢竟漂亮女人多的地方氣氛好得多，而且他爺爺和魏老爺子不喜歡吵鬧，讓他們單獨在那間房更好。

楊中俊趕緊把傅遠山和張先請上座，李爲在這時還給楊中俊介紹了一下：

「老楊，這位是傅局長，這位是魏書記的秘書張先，張哥！」

傅遠山他當然認識，不用介紹也知道，張先可就不認識了，但心裏的驚訝更大，魏海河的秘書來了，那還不代表魏海河本人了？

秦紫煙和幾個藝人同樣的吃驚，來的都是讓她們驚訝的人物，而在外面的大客廳中，無數熟人都是她們認識的人，這些人無不是手握權柄的高層主管，可如今還不夠格上周宣這一桌。

楊中俊雖是驚訝，但今天卻是最高興的一個人，因爲袁力的事而與周宣結下了交情，也因爲袁力的事，又把方家成擺平了，這是最令他舒心的事！

就在楊中俊心裏暗暗罵著袁力的時候，袁力可跌入了苦惱中！

在周張古玩店被方家成又打又罵趕走後，他就去找那些平時往來密切的大人物，不過他

沒想到的是，好事不出門，壞事傳千里，他的事，也才那麼短短一兩個小時，便傳遍了娛樂圈中。

找關係找人，沒人理他，打電話給那些說是很欣賞他的高層人物，一聽到袁力說出魏海洪的名字時，立馬喀嚓一下掛斷了電話，再撥回去就關機了！

很多人甚至是連手機都不接，想想也明白是怎麼回事了，怪只怪自己太自以爲是，得罪了他根本就不應該得罪的人！

苦惱了半天，袁力思來想去，還是找方家成吧，這事是他引起的，再打給他電話時，口氣軟一些，別像以前那樣把自己端得太高。

袁力摸出手機，翻出方家成的號碼撥了過去，但方家成就是不接，袁力沒辦法，沉吟了一下，然後用市內電話打過去，這個電話號碼是方家成不知道的。

這一下方家成倒是接了，看來擺明了就是不接他的電話！

「喂，哪位？」方家成的聲音有點急躁，顯然火氣並沒有消。

「是我，袁力，方總你聽我說，千萬別掛電話，我有話跟你說，給我兩分鐘就行了！」

果然，方家成沒有掛電話，但語氣很生硬：

「講，有話就說，有屁就放，老子沒空跟你瞎扯！」

「方總，你可不能過河拆橋啊，那那那……那個酬勞可以商量，不要翻一倍，就跟原……原來一樣，不不不……比原來還少一成，這個……」

袁力結結巴巴把話說了出來，不過心裏十分擔心方家成會把電話掛掉。

還好，方家成沒掛。

「我說，袁力，虧你還在圈子中混了十多年，還沒搞清狀況是不是?我告訴你，你現在別說要比原來的酬金少一成的酬勞，你就是只要一百塊的片酬，或者是一盒便當，又或者是不要一分錢，都沒有人會再找你拍戲了!你還不知道你得罪的是什麼人吧?!」

「這個我……」袁力趕緊又說著，對方家成，他還是多說好話求著吧，但才說了三個字，這一次方家成倒是真的掛掉電話了，電話中傳來嘟嘟嘟的聲音。

「喂喂，方總，方總……」袁力叫了幾聲，方家成已經掛斷了!

袁力惱怒之極，一下子把電話狠狠砸在地板上，砸得粉碎，現在他徹底明白了什麼叫做「窮途末路」了!

這時候，他才想到世態炎涼，只是，他仍然活在昨天的燦爛星光之中，他早已習慣了在眾星捧月的光環中，如果離開了這樣的生活，那他還不如去死。

可如今真是到了這種境地，求天不應，求地不靈，要不，再回頭求一下楊中俊吧，給他認個錯，減低酬金，只要自己在他人面前把姿態放低一些，也許楊中俊會首肯，因為憑他的名氣還是能給寶城賺錢的，人嘛，哪會跟錢過不去呢?

想打電話時，卻發現電話剛剛已經被自己給砸了，袁力趕緊又掏出手機，只是想了想，還是沒有撥。認錯，還不如親自去當面認錯，這樣才有誠心；再說，自己不是個演員麼，最擅長的就是演戲，在楊中俊面前演一套悲情戲，那還不是小菜一碟！

這時，在京城飯店中，氣氛熱烈，慶賀的客人幾乎都到了飯店，張老大準備了各種活動，藉以進行開業的第一次銷售。

偌大的大廳中，一百張飯桌，近上千人，在最前面的一張大桌上，擺放著音響設備，張老大耳邊戴了說話的麥克風，呵呵笑了笑，然後說道：

「各位來賓，各位同行，各位朋友，你們好，今天是我們周張古玩店開張大吉的日子，在用餐之前，我們店裏準備了一個拍賣銷售活動，所拿出來的都是店裏的精品，我相信來的各位都會喜歡。在此，請我們周張店的掌眼大師吳先生和周張店最大股東周宣先生的未婚妻傅盈小姐上臺主持！」

在眾人的熱烈掌聲中，老吳和傅盈緩緩走到台前，老吳的沉著，傅盈的美麗，分外的顯眼。

由老吳先開口：「大家好，歡迎大家來到京城飯店，感謝大家對周張店的支持，在今天這個日子，我們周張店準備了一個活動，現在，由我們的傅盈傅小姐來主持，謝謝！」

傅盈站到台前時，還沒說話，就已經贏得了大廳裏哄哄的掌聲，她太漂亮了！

等掌聲稍稍停息了些，傅盈趕緊說道：

「謝謝大家，請靜一靜，靜一靜！」

聽到傅盈清脆動聽的聲音後，大廳裏頓時靜了下來。

「我們店裏給各位準備的活動是現場抽獎。大廳裏的每張桌子都有八個座位，在每個座位上，都放置了一個號碼牌，總共是八百個號碼，請大家拿好自己的號碼。我們準備了一個一獎，兩個二獎，十個三獎，末獎若干。」

傅盈微笑著介紹活動的獎金，「一獎的獎金，是一件我們店裡的精品玉雕，價值十萬元的老坑翡翠玉飾，二獎是價值五萬元的冰地翡翠玉件，三獎是價值一萬元的玉件，末獎是價值八百八十八元的玉掛件，在抽獎之前，我們店將先進行一次精品拍賣！」

傅盈介紹後，李爲同兩名男店員把保險箱提過來放到臺面上，把箱子打開後，在前邊一點的人已經看到箱子裏放滿了一個個紅色的小錦盒子，錦盒子上標著號碼，傅盈順手拿了標著一號的第一個小錦盒子，把蓋子打開後，裏面是一支晶瑩碧綠的玉鐲子。

這時候，忽然有人把大廳裏的電源開關關掉了，大廳中頓時黑漆漆的伸手不見五指！

然後台前處亮了起來，前面的牆壁上現出一塊方形的投影，傅盈在暗淡的光影下，把玉鐲子拿在手中，而前邊的投影上就清晰的現出了手拿玉鐲子的大圖像。

眾人才明白，台上早裝了攝影鏡頭，投影機是為了更清晰的顯示展品。

傅盈又介紹道：「這支玉鐲子，是我們店內的極品緬甸老坑水種，經過名師雕琢出來的精品，也經過京城珠寶鑑定協會的專家們鑑定，並有合格認證的證明書，市價為一千七百八十萬元，為了對今天各位朋友各位來賓的酬謝，以底價五百萬元進行拍賣，現在，請有意出手的客人出價！」

投影機上不停地從各個角度上展示著這支玉鐲子的圖形，在座的，有絕大多數都是古玩玉器商，一見投影機上的圖面，玉鐲的透明度，顏色，質地，就知道這是一件真正的極品好玉雕琢出來的，價值一千七百萬元尚有略低，這個市價還只是他們店裏經過珠寶協會的專家鑑定過後自己定下的，在國際市場上，這只玉鐲子的價值絕對超過兩千萬以上。

五百萬，當然是撿了，不過大家都知道，這是拍賣，底價再低，那都不是你的，只有沒人再跟你搶了，那它才屬於你。可是，這麼多行家，難道都是傻子？

接下來，大廳裏恢復了明亮的燈光。

「每次遞價以十萬元為最低基礎，請大家出價！」傅盈接著又介紹了遞增的價碼規則。

「五百五十萬！」舉著五十六號牌的客人首先舉了牌子。

「五百六十萬！」

「五百八十萬！」

……

「一千零九十萬！」

「一千一百萬！」

……

「兩千零五十萬！」

「兩千一百一十萬！」

到了兩千一百一十萬的時候，叫價終於緩了下來，到了這個價錢，很多競爭者都停止了再競價，畢竟再加的話，即使轉手也沒有多少利潤空間了，商人嘛，若沒利潤還炒什麼？

「兩千一百一十萬第二次，還有沒有加價的？……兩千一百一十萬第三次，成交，七十八號客人，恭喜您！」

傅盈落下了小木槌，這件玉鐲子最終以兩千一百一十萬的價錢成交，比她們店裏的標價還高了三百三十萬，這第一件拍賣品算是成功高價拍出。

第一六八章

臥虎藏龍

在大廳右角落的楊中俊一桌人不禁都怔住了！
一開始以為周宣的這間古玩店極為普通，
沒想到一件小小的玉鐲子就賣出了兩千多萬元，
大廳裏的那些人竟然個個面不改色，
幾百上千萬的競價，當真是藏龍臥虎啊！

在大廳右角落的楊中俊一桌人不禁都怔住了！

一開始以為周宣的這間古玩店極為普通，沒想到一件小小的玉鐲子就賣出了兩千多萬元，又沒想到這大廳裏的那些人，竟然個個面不改色，幾百上千萬的競價，當真是藏龍臥虎啊！

平時以為她們這些明星很風光，一擲千金，穿金戴銀，但現在跟這些古玩店的老闆們比起來，人家出手比她們厲害多了！

其實秦紫煙這些明星還是想錯了，因為大廳裏的絕大多數人都是古玩店的老闆，這些人做的就是這個生意。

今天來的都是真正的古玩店老闆，因為被周宣的派頭所嚇到，原來的封殺聯盟自動解散消失，個個都來了，又因為是老闆本人，所以在見到可以賺錢的買賣時，也敢出價，如果來的是店員，可就沒這個氣魄了。

周宣把楊中俊這些客人請到大廳裏觀看拍賣，見到傅盈第一次主持很自然，一點也不怕生，忽然想起了一件事，當即悄悄溜過去把李為叫住，讓李為趕緊幫他拿幾塊翡翠原石來，要最好等級的，並把古今中外的名畫鑑賞書冊找一本過來，他在小包廂等著。

李為不知道他要幹什麼，但周宣的吩咐，他自然不會違背，急急開車回古玩店，拿了十幾塊沒有雕刻的原玉，裝了一箱子，然後又到書店，買了周宣要的古今中外名畫鑑賞的書，花了一千二百塊，很精美，裏面全部是彩頁介紹的圖片加文字介紹。只是李爲是個大老粗，心裏還在嘀咕著：就這麼一本書也要賣一千多，幹嘛不去搶算了？拉屎擦屁股都嫌太硬了，有屁用啊！

匆匆趕回京城飯店後，李爲把箱子和書都交給了周宣，周宣笑笑著接過，然後說道：

「你出去吧，我要辦點事！」

李爲哼哼唧唧地道：「宣哥，幹什麼？連我都不能看？又不是嫖……」

驀地見到周宣眼一瞪，趕緊把後面的字吞了回去，當著大舅子的面說什麼嫖啊嫖的總是不好。

「我走我走！我走還不行啊？」李爲笑嘻嘻地趕緊溜了出去，隨後把門帶上。

周宣笑了笑，這個李爲！

之後便把玉取出來，拿在手中，又翻開名畫鑑賞，找了些合適中意的畫面，用冰氣進行縮影微雕。

這個並不費時，他之前在香港已經做過一次，駕輕就熟。

周宣在看到傅盈拿出翡翠拍賣時，才想起這件事，前幾天在香港給顧建剛送禮時幹的事，既然效果不差，自己的店，何不趁此機會做幾個出來，試試反應，一來可增加收入，二來可以打響周張古玩店的名氣，何樂而不爲呢！

只是他這個手法也太驚世駭俗了，就算最有名氣的微雕高手，一件好作品也要花上幾年，甚至是若干年，有的雕刻師花了一輩子才完成一件作品，微雕可是天底下最費時間最費精力的活啊。

在現代，因爲多了很多高科技的工具，所以微雕比以往品質更高。但周宣什麼工具都不要，只用他的冰氣在腦中把影像一固定，然後冰氣在翡翠中轉化吞噬，一件作品就自然地產生了，沒有半分因爲刀工火候不足而引起的技術性問題。

一件作品甚至還花不了周宣兩分鐘時間就順利完成了，若是讓那些雕刻大師見到了，只怕個個都會氣得吐血吧！

周宣數了數箱子裏的翡翠，都是比指頭大不了多少的碎料，一共有十四塊，也就挑了十四幅比較喜歡的圖來進行微雕。

當然，說喜歡，也只是周宣個人的感覺喜好，他並不是個真正的鑑賞大師，只是揀那些比較適合微雕的圖畫而已，比如說只有一個單人像的就沒必要了，微雕嘛，就是要景物龐雜才能顯現微雕的功效。

十四件微雕作品花不到二十分鐘便完成了，周宣提著箱子出了房間，大廳裏，傅盈還只拍到第三件物品。

周宣把箱子交給在台邊的老吳，低聲道：

「老吳，我這兒有十四件翡翠微雕，你看看，能賣則賣，不能賣，就放店裏慢慢再賣，是我一個朋友寄我這兒讓我幫他賣的，價錢隨意，店裏可以抽百分之二十的傭金。」

周宣在香港送給顧建剛的那件微雕，人家可是出了兩三億港幣的價錢，至於在內地的價錢和行情，雖然還估計不到，不過想必不會太差，最低也值一半吧？

這一下子弄了十四件出來，怕是一下子也賣不出去這麼多，又因為這些東西來歷不好說，全放進店裏反而不好解決；再說，這店畢竟不是他一個人的，這些微雕若是經由拍賣的方式賣出，不但可以增長店裏的名氣，同時還可以替店裏賺進百分之二十的傭金，十四件微雕就算只賣十億，那店裏也憑空多了兩億。說朋友寄賣的話，這個藉口還不錯。

老吳哪裡知道周宣給他的這個箱子裡的東西真正價值？就算以他的見多識廣，也沒聽說過有翡翠微雕的事，想必也是些粗糙的玩意兒。

傅盈剛把第三件戒指以一千一百萬的價錢拍賣掉，然後準備再進行下一件物品的拍賣時，卻見到老吳盯著面前箱子裏的玉發呆。

老吳確實呆了！他隨便拿了一件出來看了一下，第一眼覺得有些普通，然後覺得不對，再仔細一看，然後又戴了老花眼鏡，拿了放大鏡再看清楚，立刻激動得呼呼喘起粗氣來，半

晌也說不出話來！

因爲這是周宣自己臨時做成的，自然也就沒有什麼專家鑑定書了，但老吳瞧著手中的玉雕，越瞧越是激動，越瞧越是興奮，恨不得把心臟都掏出來狂跳！

傅盈瞧著老吳有些怪異，低聲問道：

「吳叔，怎麼了？」

老吳頓時醒悟過來，馬上站到臺上，戴上了耳麥，說道：

「盈盈，讓我來說。」

傅盈見老吳說話都激動得有些發抖，也就點點頭退到一旁，讓老吳來說。

老吳一雙手小心地捧著玉雕，把玉雕放到攝影機處，吩咐店員把大廳裏的燈關掉，等到燈滅後，才大了些聲音說道：

「大家注意了，我現在給你們展示的，是一件『翡翠』微雕，大家可有聽說過翡翠做的微雕？」

大廳裏的人都有些好奇，說實話，微雕作品是見過聽過，但作品很少，因爲技術難度太大。微雕是中國傳統工藝美術品中，最爲精細微小的一種工藝品。它是在米粒大小的象牙片、竹片或數毫米的頭髮上進行雕刻的，必需要用放大鏡或顯微鏡才能觀看到鏤刻的內容，故被歷代工匠稱之爲「絕技」。

大家聽說過微雕，但卻從來沒有聽說過翡翠也能雕刻微雕的，因爲翡翠是硬度高達到摩氏七度的硬玉，不同於象牙、竹片、根木等那些硬度較低的材質，微雕特別講究選材，其材料質地要求絕對精純，容不得有半點砂格和半絲裂紋，因爲普通的微雕中，半個砂點就可能可以刻十多個漢字。

其次，微雕的刀具也是特殊的細刀，既要尖細，又得鋒利；第三，要有特別精熟的書法和國畫功底，雕刻的時候才可進行「意刻」；第四，臨場要屏息凝神，集中意念，毫釐千鈞，一氣呵成；第五，運刀要穩、準、狠，只有這樣，才能使書法和刀法筆意達到完美的統一。

這些條件缺一不可，作爲一個微雕大師，不僅雕刻技術要達到巔峰絕境，而且書法畫技都要達到大師的境界，否則你雕工到了那個境界，其作品卻是如三歲小孩所塗鴉；或是畫技書法達到大師境界，卻沒有高超的雕刻技術，那也是不行的！

但這麼多的微雕種類中，卻沒有一個人見到過翡翠做的微雕！

老吳顫抖著聲音說道：

「各位……請注意了，微雕不用我多作介紹，大家都有聽說過的，我們中國的微雕歷史源遠流長，遠在殷商時期的甲骨文中就出現過微型雕刻。戰國時的璽印，小如累黍，印文卻有朱白之分，眾所周知的王叔遠的《刻舟》，也是中國歷史上微雕藝術的經典之作。

又如篆刻邊款，明清以來，不少文人雅士在印章這方寸之中，用鐵筆題書作畫，寄託情趣，自娛自樂，及至壽山石成爲印章材料之後，壽山石的微雕藝術便開始出現，清初楊璿、周彬都曾在壽山石雕品的花紋僻處刻以小字，『西門薄意派』雕刻大師林清卿也常在所刻作品的草叢、石縫中以極細的筆劃刻上自己的姓名和製作年月，以後更有人在印章方柱的四邊，以極細微的文字，雕刻古人詩詞作爲邊款。

一直到二十世紀後，放大鏡等先進科學儀器進入了微雕領域中後，微雕才興盛一時，作品中的字畫景物也越來越小，內容也越來越多，不過微雕的種類中，竹木象牙木根仍居多，後來有了壽山石作爲微雕的一個新種類，但壽山石也只局限於印章及古詩詞等等，至於翡翠做的微雕，我老吳在古玩界幾十年的資歷了，可也沒見著一件，這當然也是因爲翡翠材質所限，質地硬脆，若做微雕的話，其難度便如一個小孩爬珠穆朗瑪峰一般，而至今，這個難度仍然沒有人打破過，不過現在，我要請大家觀賞的就是一件翡翠微雕！」

老吳喘著氣，手也微顫，在投影上的影像也有些抖動，好不容易才鎮定下來，又說道：「大家請看，我手上這件翡翠原件是呈圓柱形的體形，長約四釐米，周長約兩釐米多吧，整體就跟一枝四釐米長的鉛筆一樣，但你們遠想不到，就在這枝鉛筆大小的翡翠上面雕刻了什麼，你們注意看了！」

就在明亮巨大的投影圖像中，眾人見到了一幅畫卷，從上到下，橫而窄，豎而長，頂部在疏林薄霧中，掩映著幾家茅舍、草橋、流水、老樹、扁舟，兩個腳夫趕著五匹馱炭的毛驢走來。一片柳林中，枝頭剛剛泛出嫩綠。

路上一頂轎子，內坐一位婦人。轎頂裝飾著楊柳雜花，轎後跟隨著騎馬的、挑擔的，應是從京郊踏青掃墓歸來。

再往下一點，人煙稠密，糧船雲集，人們有在茶館休息的，有在看相算命的，有在飯鋪進餐的，有名爲王家紙馬店，是掃墓賣祭品的。

河裏船隻往來，首尾相接，或縴夫牽拉，或船夫搖櫓，有的滿載貨物，逆流而上，有的靠岸停泊，正緊張地卸貨。

橫跨河上的，是一座規模宏大的木質拱橋，有一隻大船正待過橋，船夫們有用竹竿撐的，有用長竿鉤住橋樑的，有用麻繩挽住船的，還有幾人忙著放下桅杆，以便船隻通過。鄰船的人也指指點點地在大聲吆喝著什麼，船裏船外都在爲此船過橋而忙碌著。

在最下面，又是高大的城樓，兩邊的屋宇鱗次櫛比，有茶坊、酒肆、腳店、肉鋪、廟宇、公廨等等。商店中有綾羅綢緞、珠寶香料、香火紙馬等，有醫藥門診，大車修理、看相算命、修面整容，各行各業，應有盡有，街市行人摩肩接踵，川流不息，有做生意的商賈，有看街景的仕紳，有騎馬的官吏，有叫賣的小販，有乘坐轎子的大家閨秀，有身負背簍的行腳僧人，有問路的外鄉遊客，有聽說書的街巷小兒，有酒樓中狂飲的豪門子弟，有城邊行乞的殘疾老人，男女老幼，士農工商，三教九流，無所不備。

交通運載工具有轎子、駱駝、牛馬車、人力車，有太平車、平頭車，形形色色，樣樣俱全，均繪色繪形地展現在人們的眼前。

從投影上見到的這一幅圖景，一些人就已經驚呼了出來：

「清明上河圖！」

老吳點點頭，呼呼喘了喘氣，然後才說道：

「對，就是清明上河圖，各位大多是同行，就算不是同行的，大家也都知道清明上河圖，這是我國的十大傳世名畫之一，是北宋畫家張擇端存世精品，該卷寬廿四點八釐米，長卻有五點二八七米，一共繪了五百五十多個各色人物，牛馬騾驢等牲畜五、六十匹，車、轎二十多輛，大小船隻二十多艘。這一幅國寶級的圖，有如此眾多的內容，但卻全部描繪於這一根小小的鉛筆大小的翡翠上面。姑且不論在翡翠上雕刻的不可逾越的難度，就說微雕吧，把這麼宏大的圖景縮影在這一丁點的面積上，就是現今最聞名的大師，那也是做不到的！」

當然，老吳所說的大師，那也只是他所知道的，微雕是中國的獨特工藝，是國粹，若說還有老吳不認識的頂尖高手，那還真沒有。最有名氣的，他都認識，但這件翡翠微雕顯然不出自他們之中任何一個人之手。

一是微雕的技術還達不到這麼微，二是這件作品上的畫工技藝，可以這麼說吧，只有張擇端復生才辦得到，能畫到跟原圖一樣的意境，那就得有跟原作者一樣的功底才畫得出，再說，就算畫工技術也有那麼好的，但古往今來，可沒有任何一名畫家會是完全相同的，就如同手上的指紋一樣，永遠也找不出完全相同的兩個來。

這幅畫，不是複印，不是照相，而是重新縮影繪製於翡翠上，等於是重新畫了一遍，有這個畫工技藝，有這樣的微雕功底，不知這世界上究竟哪一位大師能辦得到？

老吳不再解說，一切盡在不言中，只是將這小小的翡翠在鏡頭下緩緩轉動著，盡可能讓大廳裏的觀眾看個清楚。

綠意盈盈的翡翠，質地極上乘，水意十足，但人們都不再注意翡翠的質地，所有注意力都投在了觀摩圖畫上面，也沉浸在那宏偉龐大的畫境中！

因爲這是微雕，不是原畫，但從這畫技，微雕功底，無論從哪一方面，包括翡翠的質地，都相應到了頂峰！可以說，這同樣達到了國寶的級數！

老吳停止了手上的轉動，小心地把翡翠放到了臺面上，對準了攝影鏡頭，這樣圖面就固定住了，說道：

「大家都看到了吧？說實話，我也想不透，這個作品，是用了什麼工具和什麼樣的技術，竟然把這麼宏大的場面、如此眾多的人物，都雕刻在這麼小的物事上，別說是翡翠了，就是極易雕的象牙木根竹木上面，要雕出清明上河圖的完整圖面，那也是辦不到的。這樣的

一件物品，我無法估計出它的真正價值，但它又真正出現在了我和大家的面前，這也是朋友托賣的，我也無法說要多少起拍，大家自己說吧，願意出價起拍的，自己出個價！」

老吳如是說，當然不是不想出價，而是真不知道如何出價，因爲這在他心目中就是一件國寶，是無價之寶！

大廳中沉靜了下來，沒有人再說話，都是盯著投影上的圖像發怔。

在楊中俊那一桌邊，周宣也偷偷溜了過去，他自己也不知道剛剛弄出來的十四件東西能賣多少錢，跟楊中俊混在一起看看熱鬧罷了。

傅遠山向張先笑了笑，又對周宣道：「兄弟，你這個店，玩意兒還真不少啊，這件東西太讓人意外了！」

周宣笑了笑，心裏卻想，有什麼好意外的，想要多少就有多少，要成批的批發都有，只是這話當然是不能說出來了，什麼東西都一樣，物以稀爲貴，要是多得跟白麵大米一樣，那也就是個白菜價了。

秦紫煙、王紫晴、藍茵幾個女星，更是眼都不眨一下，「嘖嘖」稱奇不已，剛剛那幾件玉件都拍了千萬元以上，已經讓她們咋舌不已，以她們的身家，也就夠置辦那麼一兩件，但不吃飯了嗎？

現在又驚奇起這件微雕來，確實不可思議，那麼小的面積上面，怎麼能刻下這麼多的圖案？當然她們還不明白，如此的畫工技藝也同樣不可思議啊！

老吳盯著大廳中的人，有些緊張，大廳中的人差不多都震住了，不知道第一個會出多少價碼？會不會有人競爭？

而在一旁的傅盈卻是沒那麼多想法，她已猜到這是周宣弄的，除了他的冰氣有這個能力，還能有誰？只是傅盈很奇怪，周宣可沒說他還有這樣的能力啊，以前也沒見他做過類似的事，要想弄明白，得等有空的時候問問他，現在肯定是不方便的。

傅遠山和張秘書都是外行，不懂古玩，但把這麼宏大的畫面縮影在鉛筆那麼小的體積上，難度卻也是可想而知，好奇心自然也起來了，有興趣地瞧著，不知道誰會第一個出價呢？一百萬，還是一千萬？

沉靜了數分鐘之久，終於有一個人舉牌了。

老吳認識這個人，是古玩界很有實力的一個老闆，剛剛他說了這件微雕過後，大廳裏到處都是打手機講電話的聲音，看來都在各自找關係籌款合股了，這件翡翠微雕的魔力已經顯現出來，如果拿下它，鐵定是賺錢的，但能賺多少錢，大家心裡都是個未知數！

「我出……兩億人民幣！」

舉著十七號牌的中年男子，終於遲疑地說出了這個數字，而說「兩億人民幣」的時候，

還略有些沉吟，顯然不是考慮出了高價，而是考慮會不會有人恥笑。

這件微雕，在他的心目中，至少是遠超他出的這個價錢，而他本人也是無力來競購的，剛剛是找了一個極有實力的同行大鱷，那人一聽，當即許諾讓他先出價，在十億之內，如果能拿下就拿下，超過十億以上再考慮，而他本人馬上趕過來。

也就是有了強硬的金錢支撐，他才敢出兩億的價錢，希望沒有人跟他競爭，就兩億的價錢成交！

但這個願望卻沒能夠實現，因爲還沒等到老吳叫第二次的時候，已經有人舉牌加價了！

「兩億兩千萬！」

第一次遞增，直接把翻牌的金額加到了兩千萬，想來這一番競爭的戰況會很猛烈，所以他也沒加一百萬兩百萬的，直接加了兩千萬，當然，就算是兩千萬，那也肯定還有往上抬的買家，沒理由就給他加一下價就得手了！

而加價的這個人，一隻手還拿著手機貼在耳朵上，這個動作，大廳裏的人都明白，這件翡翠微雕的價值，不是他們之中任何一個人能吞下的，不過都是聯繫著更有實力的上家，替別人跑腿罷了，自己能從中賺取一分的利潤就不錯了，以這件物品的想像價值來說，就算給人家跑個腿，那也能得到幾千萬甚至上億的傭金。

不過，有一點他們都注意到了，大廳中可是有八百個座位，就算只有一半的人參與，那也有四百個人競爭，這個情景，跟打仗沒有區別，甚至更慘烈。只是在金錢的利益驅使之下，什麼都不在乎了。

楊中俊這一桌，七八個男女藝人明星都呆住了，頭先幾件過千萬的玉件便讓他們驚訝不已，卻沒想到這一件更是頂破了天，兩億，這讓見慣了錢財的楊中俊都有些咋舌！

李爲這時候倒是空閒了，拉著魏海洪坐到這一桌來，偷偷地問周宣：

「你哪弄來的那個東西？是不是老吳他們搞錯了？就那麼一根，沒我小手指頭大，就值兩億多？」

魏海洪淡淡一笑，拍拍他肩膀，低聲道：

「別說話，看戲，肯定是不止兩億的，慢慢瞧著吧！」

魏海洪是喜好這一道的，大場面見得多了，這一件翡翠微雕的價值到底値多少，他雖然不敢肯定，但從目前的情況來看，超過五億，那是肯定的了，只是魏海洪並不知道，在老吳面前的那個箱子裏面，還有十三件其他圖畫的微雕，要是知道了，那才真得是大吃一驚！

就是周宣自己也是暗暗吃驚，自己在選圖畫作原形的時候，是專門挑選了那些人物圖景多及場面大的畫，並沒有考慮名氣大小，比如有些名氣很大的名畫，但人物不多，作爲微雕並不適合，所以他選來做微雕原形的，都是人物景象比較宏大的圖畫，十四件都相差不大，

如果以這一件目前的表現來看，就是他隨意弄出來的這十四件微雕，恐怕是要比他之前賺到的所有財富都多了！

雖然之前憑著冰氣賺錢來得也不難，算算積攢下來的財富，古玩店過億，解石廠的產業至少值四五億，周氏珠寶值十五億，總數至少在二十億人民幣的數字之間，但怎麼也沒想到，就剛剛做的這十四件微雕，如果全賣出去的話，只怕是真要超過自己以前二十億的身家了。

第一六九章

薑是老的辣

今天即使把剩下的十三件微雕強行拍賣出去，
也不可能賣到理想的價位，最好的辦法就是推遲，
讓有強勁實力的買家們充分準備好。
周宣忽然明白了老吳的想法，不禁呵呵一笑，
薑果然還是老的辣！

就這麼一沉思間，場中出的價錢已經到了四億三千六百萬，而且一直在出價競爭的人至少還有六七個。

「四億七千萬！」

「四億九千萬！」

「五億！」

到五億的時候，全場都熱烈鼓掌，這場面太激情了，也太火爆了，比一般正式的拍賣行都還要火爆！

五億啊，有幾件物品能拍到五億？而且，這五億還不是最後拍板定案的數字！

「五億零五百萬！」

五億過後，加的價也減速了，但仍然還有六七個人拿著手機講著話加著價。

在這段時間中，也有及時趕到的幕後人，加價也更有底氣，場面也更加令人激動，也更加刺激。

秦紫煙瞧著這個場面，就像在看戲一樣，嘆息了一聲才說道：

「真難受，我們辛苦一輩子也不及這麼一件翡翠微雕！」

李為在一邊嘿嘿笑道：「小秦，別嘆氣，你要想啊，我宣哥珠寶店裏多得是，讓他送你一件不就得了？」

沒有傅盈在場，李為也嘻嘻哈哈打趣起來。

秦紫煙瞄了一眼周宣，幽幽道：

「是嗎？不過，周先生就算敢送，我也不敢收啊，收了這樣的東西，我拿什麼來還啊？我啊，可是要錢沒有，要人一個……」

秦紫煙這話說得就有些曖昧了，李為哈哈大笑，在桌的其他人也都笑了起來。

周宣淡淡一笑，說實話，送一件這樣的東西算不了什麼，但問題是，雖然這微雕來得容易，卻是值大價錢，別人心裏會怎麼想？傳到傅盈耳朵裏又會出大問題，這樣的事，還是少惹為妙。

傅遠山和張先兩個人倒真是開了眼界了，作為公務人員，還很少見到這樣的場景。兩位老爺子沒有來看拍賣，吃了飯就由警衛開車回家了。

幾個女明星對周宣的看法早已經大不同了，這個時候的周宣在她們心中，已經超越李為、楊中俊、方家成這樣的人了，是真正的鑽石男人、單身黃金漢，但可惜的是，他已經有未婚妻了，而且，這未婚妻還是她們望塵莫及的人物，不論是身分、財富還是相貌，她們都遠不及人家！

而王紫晴和藍茵兩人更是相互瞧著，癡癡憨笑，昨天還把周宣當成了鄉下土包子，現在

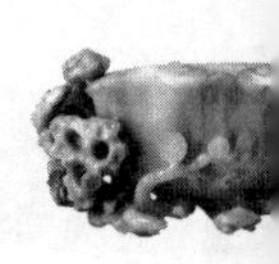

回想起來，不禁覺得臉紅了又紅，人家就算拔一根汗毛，都夠她們吃一輩子了。

就在眾人的談笑間，微雕的價錢已經叫到了六億以上。楊中俊和魏海洪兩個人都是相互瞧著直搖頭，楊中俊是太訝異了，無法形容，而魏海洪卻明白，八成是自己這個兄弟做出來的又一件奇事吧，對於他的事，自己想不透，乾脆就不想了。

「六億二千四百萬！」

……

「六億二千九百萬！」

「六億三千五百萬！」

「六億五千萬！」

又是一片熱烈的鼓掌聲，六億五千萬元了，在拍賣的歷史中，過五億的東西也是有，但那些都是國寶級的古董，而這件翡翠微雕卻不知道是從哪兒飛出來的，沒有任何來歷，雕刻的大師是誰？說到底，這個雕刻作品，才是真正的明星！

「六億六千萬！」

「六億七千萬！」

……

「六億九千五百萬！」

停了一下，然後舉十七號牌的男子又加了價：

「七億！」

又是熱烈的鼓掌聲，經久不息，說實在的，這氣氛太令人興奮了。就算已經退出微雕競爭行列的，也都是真心在鼓掌，這種盛況，又有幾次能得見？

而這一切，都源自於這間新開張的「周張古玩店」！

別的人自然不知道，但楊中俊這一桌的人卻曉得，坐在他們旁邊的這個年輕人才是真正的主角，由得大廳中的人面紅耳赤，熱汗長流地競價，他卻在這兒悠然自得，逍遙自在！

老吳在臺上口乾舌燥的，這跟他估計的一樣，果然是無法想像的走勢！

而最終價錢也定格在七億七千八百萬元人民幣的數字上。

老吳嘴裏叫出「成交」兩個字時，人也好像軟了，全身都是汗水，比人家競爭的買家似乎還要累。

拍走這件微雕的，是舉十七號牌的買家，這個人是潘家園的古玩店主，但他肯定不是真正的買家，因爲在他身邊有兩個男人，這兩個男人是後來趕過來的，想必才是真正的幕後買家。

「恭喜十七號買家，最終以七億七千八百萬的價錢競走這件清明上河圖的翡翠微雕！」

老吳滿是笑臉地說道：

「恭喜恭喜，這是一件國寶級的微雕，其真正價值我就不再多說了，另外，還要向大家宣布一件事，那就是如同剛才這件翡翠微雕同樣級別的微雕，我們周張店還有十三件，透過今天開張的拍賣，我們正式決定，十五天後，正式在京城長盛拍賣行舉行盛大拍賣會，屆時請各位朋友光臨！」

周宣怔了怔，不明白老吳怎麼忽然停止了拍賣，不是正熱鬧著嗎？但老吳是他們自己人，做了任何決定也是算數的。

老吳說了這番話後，場面頓時又炸了開來，無數人都在向他問著話！

「真的嗎？另外還有十三件同樣級數的翡翠微雕？」

「為什麼不今天一起拍了？」

「可不可以先觀賞一下？」

……

「大家靜一靜，大家靜一靜，我有話說！」

老吳拼命揮手，讓大廳裏嘈亂的人安靜下來，然後又說道：

「因為今天是開張大吉，我們周張店也準備了不少東西，只是沒想到今天的氣氛太熱烈，遠超出我們的想像之外，我們還沒有打算一次就把這麼多的微雕拿出來拍售，所以在現場，已經沒有可以拍賣的物件了，請大家諒解，也有個緩衝時間讓大家做更多的準備，十五天後再見，現在，請傅盈小姐抽獎！」

老吳說的話，立時讓大廳裏的人停止了吵亂的動作，只是說話聲卻是不絕，還有十三件一樣等級的翡翠微雕存在，這讓他們如何不喜，就只今天拍賣的這一件，已經讓大家一飽眼福了，對另外十三件微雕，只有更期待了。

而剛剛競拍的那些人心裏又活動起來，像這樣的東西對他們來說，就是巨大的利潤，商人是無利不起早的，幹的就是這個買賣，平時就唯恐沒有這樣的珍寶出現，只是老吳的話也太嚇人了，還有十三件！

今天只一件就是這種盛況，另外還有十三件的話，那又是一種什麼情形？

當然，也有人問老吳：「吳先生，請問一下，可否說一下，另外十三件都是什麼樣的圖畫景物？」

老吳笑笑道：「在這裏，就請讓我先賣個關子，是什麼圖畫景物的微雕，我先不說，但我可以保證，與剛剛拍賣的這一件，完全是在同一個等級上。好啦，請傅小姐開始抽獎！」

上千萬過億的物件都拍賣走了，這抽出來幾萬塊錢價值的獎品自然引不起大廳裏這些人的興趣了，很多人就此跟老吳和張老大告辭離去。

不過很明顯，很多人都是興沖沖地打電話通知人，準備下一次的競拍戰鬥，而下一次也

與今天這次肯定不同，今天只有一件微雕拍賣，而下一次可是有十三件啊！

在角落那邊的周宣在這一刻忽然明白了老吳的想法，不禁呵呵一笑，做生意，終究還是老吳比他有經驗，薑果然還是老的辣！

看著大廳裏的人，周宣就明白了，今天這些人，都是沒有做準備就來了，拍一些上千萬的物品或許他們沒問題，也能消受，但過了億，像微雕那樣價值的東西，而且還是十幾件，以今天的這個局面，無論如何都會讓人受不了，氣氛雖好，但真正有實力的買家並不在場，很多都是以電話臨時聯繫操控，這顯然比不上本人在場，又做了充分的準備更有看頭。

像今天這個樣子，大家的承受力都達到了極限，即使要把剩下的十三件微雕強行拍賣出去，那也不可能賣到理想的價位，而最好的辦法就是推遲，讓有強勁實力的買家們充分準備好，那樣對周宣的好處只多不少，準備得越充分，競拍的價碼就會越高，而周宣的利潤就會越大！

周宣笑了笑，站起身準備過去祝賀一下老吳，但從出去的人流中，卻發現一個正擠進來的人，不禁一怔，因爲他認識這人，就是讓他鬧心的那個袁力！

袁力一瞧見周宣，就堆起了滿臉的笑容，然後朝楊中俊說道：

「楊總，我……我想再跟您商量一下！」

楊中俊漠然地瞧了一眼這個昔日他手下最紅的男星，嘿嘿冷笑了一聲，人啊，既知如此，又何必當初？任何時候都不能把自己想像得太高，一旦栽下來，這筋斗是要摔出毛病來的！

這個人，無論如何都是不能用了，不是他楊中俊不能容人，只是袁力做得太過分了，就當是殺雞給猴看吧！

做他這一行的，沒有點威信也是不行的，現在那些紅起來的明星，還不都是他們這些老闆拿錢砸出來的？一紅就尾巴翹上天了，沒有他們力捧，其實屁都算不上。

紅了還得把他們當祖先供著，搞到不知道誰才是老闆了，這樣的事，在娛樂圈中早已是屢見不鮮了。

「袁力，就當是個教訓吧，你既然走出了這一步，就應該要接受應有的懲罰，我們寶城，是供不起你這座大佛了！」

楊中俊想了想，又瞧了瞧周宣，終於是狠了心不再理會袁力。

傅遠山接了個電話也告辭了，說他局裏有事，雖然要調職了，還是得盡責，留下個好印象。

飯店聚餐後，傅盈又特地對張先和楊中俊八個人，每人贈送了一塊價值九千九百九十九

元的玉掛件，略表謝意。

在這樣的場合中，特意沒有給他們更貴重的東西，倒不是給不起，而是考慮到場合。

當然，張先那一塊是暗中給他的，如果是其他人，張先是無論如何不會要的，但是周宣就不同了，給他這塊玉件的時候，還有魏海洪在場，他的上級可是魏海洪的親二哥，自然就不是外人了。

送走所有賓客後，張老大和周瑩、李爲在後面善後，傅盈跟周宣先走了，傅盈開的是她的新車奧迪TT。

在半路上，傅盈忽然問周宣：

「聽李爲說，你們一家人的駕照都辦好了？」

周宣點點頭道：「是啊，連車都不會開，駕照倒先都辦好了，也不知道是壞事還是好事！」

「無所謂，反正我們有的是時間，我教你，現在就去郊區的十號公路，那邊人少車少，路又寬又直，學車最好！」

傅盈忽然興致勃勃起來，在下一個出口處掉轉了車頭，直接往郊區行去。

周宣沒有反對，反正也沒其他事，店裏開張的事算是順利完成了，可以休息休息了。不過，好像老吳還有事要找他，肯定是要問剩下那十三件翡翠微雕的事。

不過，問得再多他也只能撒謊，乾脆躲開他。老吳見到那麼多好東西，肯定又睡不著覺了，讓他去激動吧。

還有就是李爲，這傢伙一天到晚都在閒逛，不如把這傢伙安排在古玩店那裏上班，一來跟周瑩在一起，二來也算找了個正當職業束縛他。等找個機會，再給老李和李雷父子彙報一下。

傅盈把車開得很快，這奧迪ＴＴ雖然不是頂級跑車，但也算是名門血統，跑上高速超過一百五十邁以後，那性能還不是日韓車能比的。

到了郊區路段後，傅盈停了車，然後與周宣換了個位置，先教他認識了離合器、油門、剎車、打檔等基本知識。這輛奧迪ＴＴ是手動自動一體的，不過爲了以後熟練，傅盈還是讓周宣先從手排開始練起。

點火、踩離合器、換檔，然後鬆離合器加油門……，不過周宣鬆得太快，油門加得太猛，車一下子跳了一下，隨即快速竄出，把他和傅盈的身體都弄得向前撲出，好在繫了安全帶。

傅盈嗔道：「慢一點，你就不能溫柔點？」

周宣笑笑道：「好好，否則把你新車撞壞了心疼，我慢慢來！」

傅盈橫了他一眼，惱道：

「又來了，車壞了是小事，要是把你弄傷了，你拿什麼來賠給我？」

周宣一邊跟傅盈說笑，一邊慢慢開著車。

其實開車很簡單，加上周宣人年輕，手腳靈活，幾分鐘便學會了。學開車的人都知道，學會其實只是幾分鐘的事情，但要開得好，那可得花時間了，靠經驗的事，是需要用時間慢慢磨練出來的，可不是一時半會兒就能行。

小時候周宣學騎自行車時，可是摔了無數的跤，只是摔得越多，他後來的技術就越好。不過，今天這個練習當然就不能說是撞得越多，技術就越好了，畢竟這是一輛七八十萬的車，可不是七八十塊。

周宣在這條路上反覆練習了一個多小時，越開越是有勁，說實在的，他還真喜歡這種開著跑車在公路上馳騁的感覺，難怪很多人買跑車了。

周宣速度也越開越快，很熟練地操作著。

看看天色也不早了，傅盈說道：「周宣，我們回去吧，時候不早了。」

周宣答應了一聲，掉過頭來，卻見傅盈靠在座椅上閉了眼，彷彿很疲累的樣子，也就沒開口讓她來開，決定自己開慢一點往回走。

到底還是經驗不足，在郊區無人的路上開得很好，但一到市區人多的地方，就有些手忙腳亂的了，在一處紅燈的地方，踩了剎車後，仍然竄出黃線兩米遠。

周宣紅著臉瞧了瞧傅盈，傅盈早睜開眼盯著他直笑，在這個地方，又不方便換位置，周宣只能硬著頭皮繼續開下去。

再轉了個彎道，周宣才鬆了一口氣，由於太緊張了，一臉的汗，傅盈趕緊掏了紙巾出來幫他擦汗。

就在這時，後面警笛聲突然響起，從倒後鏡中看得到，一輛警車在後邊跟了上來。

周宣嘴裏說道：「糟了！」手腳一時又慌亂起來。

傅盈沒好氣地道：「糟什麼糟，你不是有駕照嗎？證件齊全，怕他們幹什麼？」

周宣慌張，當然是因爲一心注意在開車上面，要是靜下來，當然不害怕了，只是，要是像這樣的小事也要把傅遠山和魏海洪這樣的人拉出來，總是件沒意義的事。

後面那警車加快了速度，衝到周宣的前面，把車打橫停住。

周宣手忙腳亂的，差一點就撞上了那輛警車，他把車一停，警車上面已經下來三個人，都是穿交警制服的，其中一個到周宣車前，敬了一個禮，然後伸手道：

「你好，請出示你的駕照……」

周宣伸手在衣袋裏一掏，掏來掏去都沒找到自己的駕照，這才想起來，早上換衣服時忘了拿出來，訕訕道：

「我……沒帶出來！」

那員警頓時臉一沉，說道：「對不起，請出示行照，身分證！」

在周宣旁邊的傅盈惱道：「駕照沒帶出來，那也不是什麼大事吧，再說，這車是我的，我有駕照。」

那員警和另外兩名同伴一見到傅盈的美色，當即怔了怔。周宣聽到後面那兩名交警輕笑著道：「把人叫下來，好好……查一查，嘿嘿……」

雖然這兩人說得很小聲，但周宣耳力敏銳，聽得一清二楚。

盤問周宣的那個員警肯定是聽到了他後面同伴說的話，臉上倒是一本正經地說道：

「請下車接受檢查！」

如果是正當臨檢，沒有別的用心，周宣倒是沒有別的想法，一定老實配合檢查，但現在，這三個交警分明是看盈盈長得漂亮，故意刁難，心裏就有幾分火氣了。

傅盈則在車上冷著臉說道：

「不下，又沒殺人放火做違法的事，你要罰款就罰！」

那幾個交警沉下臉來，前面那個哼道：

「請下車，如果不配合我們檢查，就吊銷你的駕照！」

周宣對傅盈道：「算了，盈盈，你在車上，我下車就是了！」說完，拿了傅盈的證件，下了車遞給那個交警看。

那交警看了後，又遞給後面兩個人看，再拿著對講機向總台說道：

「總台，請幫我查一輛車，車牌是……」

過了一會兒，總台那邊的回答過來了：

「你好，京B04585的核查資料爲，車主傅盈，藍色奧迪TT，引擎編號爲TL1486，請查證。」

這一切資料都與周宣拿出來的證件相符，周宣唯一的錯誤，就是自己的駕照沒帶出來。

「警察先生，我的駕照真的放在家裏忘了帶出來，要不，我讓我家裏人馬上送過來，或是你們跟我一起過去，就在西城宏城花園，可以嗎？」周宣立刻說道，等著他後面的交警把證件還給他。

可是那兩個交警卻沒動靜，甚至拿著證件本子把手背到了身後，那意思就很明顯了。

前面那個交警沉著臉說道：

「下車吧，這車要拖走，你們也要接受檢查。」

第一七〇章

知法犯法

扣車是屬於嚴重的情形了，扣押證件是不允許的；
至於扣押人，如果車主不是現行犯，
沒有在現場違法犯罪給當場抓住，
也沒有任何證據說明車主是犯罪嫌疑人，
那扣人就屬於員警知法犯法了。

傅盈在車裏忍不住了，當即開了車門下來，冷冷道：

「你們有病是不是？就算你們要扣車罰款，憑什麼還要扣人？我告訴你們，別做得太過分，要罰錢就罰錢，要扣車也隨你，但如果你們要扣留人，我可先說在前面，麻煩是你們自己找的！」

「喲，還挺兇的嘛。呵呵，小陳，打電話給……城郊派出所，讓老李他們過來檢查一下，我懷疑他們身分有問題，需要檢查！」

周宣一聽，就知道是走不了啦，心裏正在猶豫著是不是要打個電話給傅遠山，但又想，這種雞毛蒜皮的小事也要讓傅遠山出面，實在沒意思。可是這三個交警著實沒眼力，一心想把他跟傅盈留下來。

這車，要是他們三個真扣了，那就是他們自己找麻煩到頭上。

周宣想了想，乾脆拉了傅盈對那幾個交警說道：「算了，證件你們要是不還，那就不還吧，車要扣就扣吧，我們走了！」

說完，就拉著傅盈到後邊攔計程車。

那幾個交警哪裡會放他們走？

「等等，沒檢查之前，你們哪裡也不能去！」三個交警當即攔住他們，一邊說一邊摸出對講機來。

看樣子，要是有槍，他們也會掏出來的。幸好他們三個沒槍，否則周宣就不給他們好臉色了，不過就現在這樣，那臉色也好不到哪裡去。

周宣看了看左右的街道，忽然問傅盈：

「盈盈，這裏是哪裡？」

傅盈比周宣還熟悉一些，瞧也沒瞧地道：

「這邊屬城北了，再過去才是西城。」

「城北？」周宣想了想，這邊已不屬於傅遠山管轄的區域了，雖然他現在升職了，但還沒正式上任。心裏又想，到底他要不要跟這幾個不長眼的傢伙計較？

如果按道理來說，他沒帶駕照，又因爲是他在駕駛，所以要罰，確實也沒話說，傅盈的證件都拿出來了，這也沒錯，但還要扣押證件就有些過分了，之後竟然還要扣人，這就更不符合任何規則和道理了。

就衝這一點，周宣要跟他們鬧翻都是合理的，不過，爲了這麼點事把人家飯碗都搞掉，還是於心不忍，所以先忍一忍，能過則過吧，如果這幾個交警實在不放他們走再說吧。

這三個交警還真是太閒了，又看到周宣和傅盈一點兒也不配合，無非就是見到傅盈太漂亮了，想戲弄一下，只要傅盈不那麼死板，說說笑，求求情，讓他們心裏滿足一下，這事很容易就過去了。

但一來傅盈不會求情陪笑，二來，周宣也不會讓傅盈幹這種事，兩人雖然不想跟這幾個交警鬧得太難堪，但雙方的想法明顯不合，事情自然就僵住了。

因爲是他們自己叫的人，所以拖車來得快，硬是把奧迪車給拖走了，證件也沒交還，而城郊派出所的人在拖車走後也來了。

他們跟這三個交警自然是互相認識的，平時在工作上肯定是打了不少交道，派出所那邊來了四個人兩輛車。

領頭的人，是個四十歲左右的中年男子，老遠就對這幾個交警笑著打招呼：

「曾副隊長，要查什麼人？」

那個對周宣臨檢的交警，顯然就是所謂的「曾副隊」，笑呵呵地對那中年員警道：

「楊副所長，就這兩……」說著，嘴角一撇。

兩個人都是副級，一個副隊長，一個副所長，看來是老交情了。

楊副所長一瞧曾副隊長那表情就知道，這事沒什麼大不了的，再瞧瞧傅盈，眼睛立刻一亮，頓時明白了曾副隊長這幾個人的意思，說人家不配合、不給面子，無非就是要爲難一下，主要還是這女子長得太漂亮了。

不過曾副隊長跟他的關係非淺，這個面子自然也得給，裝模作樣配合戲弄一下，讓他扳回面子就得了。

看這兩個人，男的有氣度，女的美麗貴氣，不像是普通人，先套套口風再說。

楊副所長的三個同事也瞧著周宣跟傅盈兩個人，與曾副隊三個人低聲談著。

楊副所長走近前，瞧了瞧周宣和傅盈，漫不經心地問道：

「請出示你的身分證！」

周宣身上沒有帶證件，只有傅盈有，傅盈掏出證件遞給周宣，周宣再拿給他。

楊副所長接過還沒翻開便怔了怔，這可不是平常的國民身分證，而是美國國民才有的綠卡，英文他看不懂，但照片上的人肯定是傅盈。

有著國外身分的人可就不好隨便得罪了，搞不好會出麻煩的，楊副所長可是明白，當即對曾副隊長眨了眨眼，然後拉著他走到一邊悄悄說道：

「曾副隊長，你可問清了這兩個人是什麼來歷？我看了那女的證件，是外國人身分，可不能隨便拉進我們派出所，會出麻煩的。」

曾副隊長一愣，剛剛檢查的就是行證、駕照，沒有別的，這女的怎麼變成是外國人了？

楊副所長心裏越發奇怪了，低聲問道：

「曾副隊長，他們的車呢？是什麼樣的車？」

「是一輛新奧迪TT，我已經叫了拖車，拖回大隊車管處了。」曾副隊長一聽，也有些

嘀咕起來，一邊回答著楊副所長的問話，一邊又瞄著周宣和傅盈兩個人。

傅盈氣呼呼地一直不高興，拿冷眼瞧著這幾個人，看他們能玩出什麼花樣來。

周宣見這個楊副所長倒並不是那麼魯莽，便想跟他說一說情，先走了再說，免得搞到不可開交。對於車子和證件，周宣倒並不擔心，反正之後自然會好好給送回來。

不過還沒說話，褲袋裏的手機就響了起來，掏出來一看，怔了怔，竟然是傅遠山的電話！難道傅遠山有先見之明？

周宣呆了呆後，被連續響動的鈴聲驚悟，趕緊接通了手機。

「老哥，什麼事啊？」

「你在哪裡？趕緊到我局裏來，我有麻煩事要你幫忙。」傅遠山嘴裏說著「麻煩事」，但語氣卻是有些笑意，看來心情並不壞。

「老哥，我來不了！」周宣苦笑道：「我跟盈盈從飯店出來，是我開的車，駕照李爲昨天給我了，但放在家裏沒帶出來，現在被幾個交警攔住了，車也給拖走了，證件又被他們拿走，也不還給我們，重點是，現在連人都不讓我們走了。真搞不懂，就算違個規，還要抓人麼？」

傅遠山沒想到這才幾個小時不見，怎麼又會出這樣的事？他是當警察的，對交通規則哪會不懂?如果只是沒有駕照，最嚴重也就是罰款，而現在交警都配有專用的掌上檢測器，可以直接連接警政系統的資料中心，在現場就可以查到車輛的來歷和車主的身分情況，就算沒帶這個，也可以通過對講設備和電話向總台查詢。

如果車輛有問題，或者車主有違規紀錄，那就可以扣押車輛，但如果車主沒有任何不良紀錄，車輛也是正常的，那就只能以違規開罰單處理。

扣車是屬於嚴重的情形了，扣押證件是不允許的；至於扣押人，如果車主不是現行犯，沒有在現場違法犯罪給當場抓住，也沒有任何證據說明車主是犯罪嫌疑人，那扣人就屬於員警知法犯法了。

傅遠山呆了呆，當即惱道：

「老弟，你在哪兒?待在那兒別動，我馬上過來接你！」

「我在……」

周宣左右瞧了瞧，說了面前大廈的名字，又看到身後有一個公車站牌，當即又念了那個公車站牌的名字。

傅遠山馬上道：「我知道了，馬上就到……真是無法無天了！」

周宣掛了電話，抬起頭，看到那個剛到的楊副所長正盯著他琢磨，笑笑道：

「楊副所長是吧，大家都在這個城市裏，說不定什麼時候又碰頭了，我們可不是違法犯

罪的人，只要你們不要做得太過分，那大家就都睜隻眼閉隻眼吧。」

楊副所長還沒說話，那個曾副隊長就惱道：

「你說的什麼話？想恐嚇麼？告訴你……」

楊副所長趕緊伸手攔著他的話題，說道：

「算了算了，有話好好說嘛，我看這也不是什麼大事，只是車既然被拖了，那就按程序取車，證件嘛，我建議還是還給他們，人就放他們走吧，算了算了！」

楊副所長是想著大事化小，小事化無，車被拖已成事實，結果如何，是曾副隊長做出來的事，怎麼樣都由他自己承擔，但眼前的情形，最好還是別再鬧大，人是肯定不能帶回警局去的。

見那個曾副隊長心裏不痛快，傅盈更不痛快，冷冷道：

「你們把我證件也收了，車也拖了，這會兒還要扣人，天底下也沒這個理吧？」

曾副隊長立馬惱道：「什麼叫沒這個理？收了就收了，車拖了就拖了，你還想說個什麼理出來？做人，眼睛要放亮一點，要懂事一點！」

傅盈嘲道：「哦，你是說我眼睛不亮，沒看清你是個大官？我不懂做事，是因爲沒給你偷偷塞錢？你要怎麼樣，可以說明白一點！」

曾副隊長頓時臉脹得通紅，張口結舌地道：

「你……你……」

傅盈是一步不讓地頂著，口氣裏沒露出半分怕意，而周宣則在一邊沉著臉，沒答話，但肯定是沒什麼好怕的！

就衝這兩個人的表情，楊副所長就知道，搞不好這個曾副隊長真的惹麻煩了，任何一個普通人都沒膽量跟警察如此大小聲的！

此外，楊副隊長剛剛又聽到周宣接了個電話，從講電話的口氣來看，肯定是有人要過來，俗話說，在京城這個地方，伸手隨便一撈，一把就能抓到幾個廳局級的官員，不到京城哪知道你的官有多小？搞不好來的人就是什麼大官，現在小心點，給自己留條後路也是好的！

周宣對傅盈雙手一攤，苦笑道：

「盈盈，別惱了，你傅家老哥來了，有事找我，就這麼巧，我原本是不打算跟他說這事的！」

傅盈哼了哼，看這幾個交警對她色瞇瞇的樣子，早明白這些人是故意爲難，其實什麼事都沒有，只因爲她沒說好話，沒順從這幾個人而已。

楊副所長心裏感覺到，周宣肯定是有些來歷，所以表情也更緩和，反正，現在只要他不把自己攪和進來就行。交警通報有事，他們出動那是正常辦公，是依章辦事，但到了這裏發

覺不妥，就不能再按著曾副隊長的話辦了，關係再好，也不能胡亂閉著眼往鐵板上撞啊！

傅遠山過來是有四輛車一起跟著的，楊副所長遠遠地便見到幾輛掛著警燈牌照的車朝這邊來，心裏有一種不好的預感，直覺這些車就是爲了面前這兩個男女而來的！

果然，四輛警用車輛徑直朝這兒馳來，周宣和傅盈站在路邊，這邊行人也不太多，看得很清楚，再者，這兒還停了三輛警車，十分顯眼，兩輛是城郊派出所楊副所長等人開過來的，還有一輛是曾副隊交警執勤的巡邏車。

四輛警車一到，嘎的一聲便停了下來，車門一打開，刷刷刷地下來十幾個員警，瞧人家肩上的肩章，可比他們的級別要高。

而當先的那個中年男子，肩花警章是局級的，楊副所長也認識，東城分局的傅局長，是剛剛升任副廳長的紅人！

因爲之前傅遠山主持的大案得以偵破，這在整個京城警界轟動不已，而傅遠山的威名也如雷貫耳，楊副所長又怎麼會不認得？

呆了呆，楊副所長趕緊上前陪著笑臉道：

「傅局長，您怎麼來了？」

傅遠山瞧著面前的傅盈和周宣，臉色一沉，冷冷地道：

「我怎麼來了?那得要問你們，看來我們警界的整風整紀活動，還要再好好加強！」

楊副所長很是尷尬，而他帶來的幾個人和曾副隊長早被嚇得傻傻站在一邊，不知道傅遠山這個上級來幹什麼，不過，看他們的臉色怕是很不祥了。

「盈盈，是怎麼回事？」

傅遠山沒有問周宣，因爲周宣的表情很平淡，而傅盈一副不高興的樣子，當然就知道輕重緩急了。

傅盈哪裡還客氣，當即把事情原原本本告訴傅遠山，傅遠山越聽越是皺眉，直到傅盈說完，傅遠山沉默了一下，然後瞧了瞧曾副隊長那三個人。

曾副隊長的臉一陣紅一陣白的，後面那兩個人瞧出不對了，趕緊把傅盈的行車證件一起遞了過來。

傅遠山一把接過，冷冷道：

「你們若是正當的依法行事，那是應該的，我在這兒重申，並不因爲他們是我的朋友才有特殊待遇，而是你們玷污了你們頭上那頂帽子上的警徽。我現在忙得很，沒空跟你們閒扯，既然拖了人家的車，自己回去寫個報告到你們局長那兒，該怎麼處理是你們城北分局的事，我不管，現在人我帶走了！」

曾副隊長臉色煞白，包括他後面那兩個同件，三個人都顫抖著不知道說什麼好。

楊副所長暗中慶幸自己有眼光，做事老練，差一點便吃虧了，這個曾副隊長，害了自己不說，還差點把他也拉下水了，而且還有跟著一起來的所裏的幾個同事，這一動便是好幾個人的升遷啊！

想起來，楊副所長就害怕不已。

傅遠山不再理他們，請周宣傅盈兩人上了車，然後他坐到了駕駛位置上，由他自己開車，四輛車如風而來，緊接著又如風而去。

四輛警車都不見了蹤影後，楊副所長四個人和曾副隊長三個人，仍然傻傻站著。呆愣了好一陣子，楊副所長才扭扭頭，望著發傻的曾副隊長三個人，嘆了嘆道：

「曾副隊長啊，這可是在京城，咱們這點職位哪夠看，所以還是認真公正地執勤吧，今天這事，可沒法收拾了吧？躲都躲不過了！」

曾副所長苦著臉，皺著眉頭，對楊副所長道：

「楊副所長，幫老弟我想個法子吧，你看這事該怎麼辦？我可是急死了！」

「現在急了吧？早幹什麼了？」

楊副所長說起來還一肚子氣，回身指著自己的幾個同伴，說道：

「曾副隊長，你看看，你把自己害了不說，還差點把我們這幾個人都拉進坑裏了，好在我經驗足，一看見那兩個年輕人就覺得不對，強忍著沒動手說話，這才把我們幾個人拉了回來，要不，你看……」

楊副所長說得害怕不已，跟他一起來的幾個警員也都慶幸不已，要真如平時那麼任意動手了，現在的結果就完全不一樣了，等著他們的結局，就會跟曾副隊長三個人一樣！

楊副所長搖搖頭，嘆著氣道：

「曾副隊長，我實話說吧，以我的經驗，大概你們這幾個人工作是完蛋了。曾副隊長啊，你也幹了不少年的交警了，剛剛那位傅小姐，就衝人家那相貌，呆子也能想得到，這麼漂亮的女孩子，通常能伴在她們身邊的人，非富即貴啊。現在想來，恐怕還遠不止此啊，傅局長是什麼身分，不用我來介紹了吧，現在傅局長已經升到副廳長了，你們看剛剛傅局長對這兩個年輕人那個表情、那個態度，像是對待親人和朋友嗎？」

楊副所長搖搖頭，又道：

「那個表情啊，就像是對上級長官。你們也不想一下，以傅局長的身分，還要這個樣子，那兩個年輕人，恐怕就是……你們再想一想，這是哪兒？這可是皇城啊，還有什麼樣的年輕人能有如此分量？」

曾副隊長幾個人臉色更是煞白，冷汗加顫抖，曾副隊長更是一屁股坐在了地上！

周宣和傅盈坐在傅遠山那輛警車的後座，等車開出很遠後，周宣才笑笑道：

「傅局長，看你這麼急，有什麼要緊事？」

傅遠山啐道：「又沒有外人，就盈盈在，你還跟我來這一套，去你的！」

傅盈嘻嘻一笑，把剛才的惱怒都拋到了腦後，問道：

「大哥，我的車幾時能領回來？沒車我可不方便了，家裏就一輛洪哥送的布加迪威龍，開出去太拉風了，我不喜歡，所以才買了這輛奧迪，周宣訂的車又還要兩個月才拿得到車呢！」

「盈盈，這事好辦，要說現在讓他們馬上把車送回來肯定沒問題，但我打電話先提出來的話，那可就比不上他們自己送回來的效果了！」

傅遠山笑笑道：「這幾個人幹的這些事，如果說沒碰到你們，那也不值一提，我們上有政策，下可是有對策，而且縣官也不如現管，往大說了，這是大事，往小說了，這又是雞毛蒜皮的小事，這樣吧，盈盈沒車用，我先調一輛給你暫用一下，別嫌差，就奧迪A4吧，反正是代步，日韓車就別用了，不安全，不禁撞！」

「算了算了！」傅盈嘆了一聲，說道：

「大哥，就不麻煩你了，還有那輛跑車，就一天兩天的！」

周宣笑笑道：「老哥，別理這事了，讓他們把車送回來就好了，像這樣的事就要跟人家鬥個你死我活的，那天底下就都是敵人了。老哥是幹這行的，要是把屬下都得罪了還怎麼辦事？」

傅遠山卻是搖搖頭道：

「老弟，你這就錯了，既然是想做一個辦實事的好官，那就得從小事抓起，你們都知道從小偷針，長大偷金的道理吧，下面基層的人面對的，就是我們最普通的老百姓，你們想想看，如果不是碰到你們，換了另外的普通老百姓，那還不是任由他們胡作非爲了嗎？越是這樣的小事，我們越要關注，不能眼睛只盯著大案，這些尋常小事也是與老百姓息息相關的啊！」

周宣一時沉默下來，這些話對他觸動很深，傅盈或許瞭解不到，因爲她的生活環境與周宣是截然不同的，他們一家人過去生活都是在鄉下，一家人所遇到過的風風雨雨讓他瞭解到，普通老百姓有很多難處。

「老哥，你這麼急，找我是什麼事？」

沉默了一陣，周宣轉開話題，問起了傅遠山找他的事。

傅遠山笑了笑，說道：「不是你提，我還忘了我來的意思了。是這樣，出了件案子，與你的本行有關的，所以想找你來看看，也算我走前爲東城分局做的最後一件事！」

「古董？」

一說到他的本行，周宣當即脫口而出。除了古玩這一行，還有什麼能說得上是他的本行？

傅遠山點點頭，笑笑道：

「是，你可以先看看情況，這事倒不是很急，我們抓了幾個文物販子，在他們的住處查獲了一批文物。據他們坦承，說是假的，源頭還不知道出自哪裡，但他們又供出一個更大的問題，那就是從前年開始，他們陸陸續續向京城博物館和其他城市幾家省級文物館銷售了大量的古董！」

周宣怔了怔，然後問道：「他們盜賣文物古董，博物館和文物館回收，那是保護文物，是好事，這有什麼問題？」

傅遠山搖搖頭苦笑道：「那個當然沒問題，但這些文物販子說了，賣給文物館和博物館的也都是贗品！這就出大問題了，那些地方都是古董專家高手待的地方，怎麼會買假貨？是相互勾結還是假得太真，連專家都騙了？」

周宣摸了摸頭，也有些糊塗。通常博物館和文物館的專家，都是古玩界的權威，跟老吳一個級別，這些人能看錯？

當然，落在這一行中，不管是高手還是專家，打眼上當的事都免不了，只是傅遠山剛剛說了，這是賣了幾年而且是大量的，那就是真有問題了。如果是真的受騙上當，那就是做假做得太厲害了，傅遠山找他，肯定是要借他的能力，把這個製假的集團掏出來吧？

如果是專家們跟文物販子相互勾結，那這事就不由他來出手了，這是傅遠山他們自己的事，也沒什麼難想的，只是這些人勾結的網路和權勢大不大，以及警方想不想出手，可不可以出手的事了。

周宣想了想，然後對傅遠山道：

「老哥，好，這事我能幫你，但有個前提，如果這是勾結倒賣，那我就不管了，由你們自己內部處理；如果是被假貨蒙眼，真的上當受騙，我就來幫你！」

傅遠山當然明白周宣的意思，笑笑道：

「行，你先跟我到局裏看看抓獲的那一批文物，驗驗是真還是假，驗證過後，我再向上級彙報決定，到真正成立偵察小組，還沒有這麼快，下午我們還是好好把今天你跟盈盈的事商量一下，我雖然還沒到廳裏赴職，但管還是該管的！」

傅盈倒是願意，問道：「大哥，取車還是怎樣？」

「哪裡能那麼輕易就把車取了？這車他們拖容易，還就沒那容易了，放心吧，盈盈，一切有大哥做主，你就跟著看戲吧！」

傅遠山笑呵呵地回答著，一行人也到了東城分局的停車場。

把車停好，下了車，早有十多個制服筆挺的員警迎了過來，都是東城分局裏的主管。

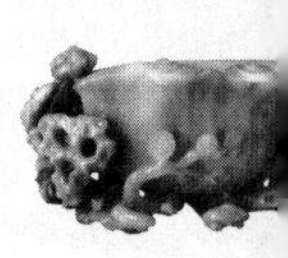

傅遠山以前是這裏的最高主管，現在調任升官，還是上級，只是職位更高了些，下面這些下屬當然對他更恭敬了些，廳裏考察幹部的事，還要靠傅遠山的推薦呢，這些副局長，又有誰不想把這個副字變成「正」字？

第一七一章
年度大案

盜賣走私文物是一條重罪，現在，
他們需要的是確定偵破方向，抓到源頭，
並查清已銷售的大批文物去向，這是有難度的。
贗品文物數量如此之多，涉案金額之巨，
已經構成了一樁年度大案！

在警察局大樓底層的收藏室裏，傅遠山和兩名副局長陪同著周宣、傅盈進去，收藏室的管理員把門開了，按命令守在外面。

那兩名副局長對周宣並不陌生，上一次就是他把一個副局長給拉下馬的，新上任的一個副局長就在這裏，是其中之一，說起來都是托他的福，但還不知道周宣與傅遠山的關係竟會如此密切。

傅遠山自然不會向他們說這些秘密，不過，今天的事倒無關緊要，不像前幾次的兇殺案，因爲周宣本身就是開古玩店的，請他來鑑定古董，是很正常的事，沒有什麼值得奇怪的。

收藏室裏擺放了二十多件罈罈罐罐的玩物，當然，一般人看來就是古董。

周宣也算是頗有功底和眼力了，對於瓷器和玉器，他還算懂得不少，因爲接觸最多的就是這兩樣。從表面上看，這一堆東西都是好東西，無論從顏色，或者是舊跡，還是年份的觀測，這些都是過千年的東西。

周宣蹲下身子，仔細地瞧著一個大紅色的鎦金罐，上上下下地瞧了好一陣子，這跟他印象中的沒多大區別，如果僅憑肉眼看，這東西就是真的，別的物件還沒瞧過，但看起來跟這一件差不多。

傅遠山和另兩名副局長也都站在旁邊望著他，他們不懂古玩，只能在一旁瞧著，不過被逮住的那些文物販子可是坦白招供了，說這些是假的，是贗品，但實際情況究竟如何還不確定，畢竟幾大家博物館可是花真金白銀幾十萬上百萬的買了不少，那麼多專家會買假貨？

就是因爲弄不清楚這些文物是真是假，所以才不敢斷定，依照兩個副局長的推薦，是要請幾個專家級的高手來鑑定一下。

但傅遠山找了周宣過來鑑定，兩名副局長雖然不懂，但瞧周宣的樣子，也實在不像古董文物類的高手，太年輕了，只是他是傅遠山請過來的，當然好壞都是不說的了。

周宣鑑定的動作也不像別的專家那樣，人家還拿個放大鏡，這裏看那裏瞧的，而周宣只是隨意地瞧著表面，而且只瞧著其中一個罐子。那裡的古董可是有一大堆！

周宣用肉眼審量了一陣，主要是想看看自己如果不依靠冰氣的話，能看到什麼程度。

看來這些古董要麼是真的，要麼就是道行很深，用肉眼是看不出來的，當即運起了冰氣探測。

只是這一測，周宣不禁愕然了，這一堆古董，共二十多件，竟然全都是用舊古瓷片拼湊再次燒製的！

這種用舊瓷新燒，再通過高端電腦軟體，精密儀器，無痕跡做舊的設備，最後得出來的東西，就是最頂尖的古董鑑定專家來鑑定，用專業儀器測試，得到的結果仍然是：真品！

當然，除非是周宣的冰氣，無論是什麼年代的東西，在周宣的冰氣之下，都會原形畢

露，真的假不了，假的也真不了！

周宣站起身來，傅遠山和兩名副局長都盯著他。

周宣笑笑道：「都是假的！」

傅遠山嘿嘿一笑，另兩名副局長都是一怔，其中一個道：

「不可能，我們有專家鑑定過，他們用儀器鑑定過，說都是真的！」

周宣淡淡道：「各人有各人的認知吧，他說是真的，我說是假的，信不信當然也由你了！」

那副局長頓時臉一紅，瞧了瞧傅遠山，然後又道：

「傅局長，局裏請來鑑定的楊老和張老還在辦公室那邊，要不要……」

傅遠山眉頭一皺，說道：「你們已經請了專家來鑑定，爲什麼沒跟我說？」

局裏已經請了專家過來，那他再把周宣找來，不是自找沒趣麼？

那副局長訕訕道：「可是傅局長，您也沒說要另外找專家來啊，我一時也沒想到！」

傅遠山一想也是，他們早對自己彙報了案子前後，忘了這一點也是情有可原的事，只是自己把周宣找來，鑑定的結果卻跟別的專家相反，那要怎麼說？

周宣瞧著傅遠山沉思的樣子，心想：自己是來給他撐腰長臉的，乾脆做好點，於是就笑笑道：

「你們也不用爲難，把那兩個專家請過來，我們交流一下意見，不就好了？」那兩個副局長頓時一喜，這樣當然好啊，只是周宣自己不提出來，他們哪好意思說？明明見到傅遠山對周宣的表情態度不一般，如果他們把專家請過來，人家一說，真假高下立分，那豈不是掉了周宣的面子？周宣要是不高興了，那傅局還能有好臉色？

不過周宣自己這樣說，那結果就不關他們的事了，要有個真正的結論那是最好。

傅遠山對周宣的能力是一點也不懷疑的，如果他說不是，傅遠山就相信絕對不是，又瞧周宣神態淡定，信心十足，當然心裏也就更相信他了，揮手示意那兩名副局長把專家請過來。

在等待的時間裏，傅盈獨自瞧著這些物品，因爲她是傅遠山請來的人，那兩個副局長自然不會去干涉她的行動。

副局長打了電話通知後，幾分鐘的時間，就有屬下把兩名專家一起請過來了。

兩名專家，一個叫楊真然，一個叫張執，都是古玩界中名聲很響的人，五十開外，給請到了收藏室，還不知道是什麼事。

這些文物已經由他們鑑定過了，確定是真的，他們向兩名副局長也說了，請他們好好保

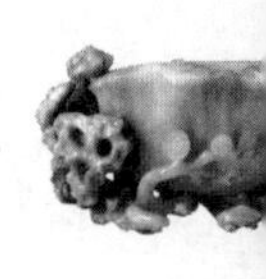

藏，而他們也將推薦博物館方面進行協商購買，這些可都是國寶啊，從這個案子來看，這些人還只是外線人員，後面肯定還有更多人以及更多的文物古董，不能任由更多國寶流落到國外去！

進到收藏室裏後，兩個老頭一見情形有些不對，兩名副局長的表情不像是很自然，另外兩個人又不認識，旁邊還有一個漂亮女孩在觀賞著，這情形很奇怪。

辦公室又來電話彙報，兩名副局長便給兩個專家介紹了一下，然後就回去處理公務。

楊真然和張執都吃了一驚，經過介紹才知道，這個四十多歲的中年男子，竟然就是升任副廳長的正局長，又十分吃驚周宣竟是古董鑑定大師。

當然，大師的稱號只是那兩個副局長對周宣的稱呼而已，他們心裏其實是不相信的，就是現在這兩個老專家，對周宣也是有些懷疑的，因為他太年輕了，在古玩界，這麼年輕的人就是個小學生。

周宣笑笑道：「楊老，張老，我姓周名宣，對古玩略懂點皮毛，今天就在兩位面前獻醜了！」

兩個老頭這才知道，原來這個毛頭小子是來向他們挑戰了，只是這一堆古董可是經過他們用儀器加上幾十年的老經驗測過的，他還能驗出什麼別的結果來不成？

周宣指著面前這些瓷瓶罐子銅器，淡淡道：

「不知道兩位可曾鑑定過這些？」

楊真然心想，既然他也來湊熱鬧，不如先給他來個下馬威，看他還有什麼不同的見解，如果說同樣的結果，那自然也沒說服力。

「這些古董，我跟老張早上便鑑定過了，都是真跡，你說呢？有什麼不同的看法？」楊真然嘲道。

說是有什麼不同的看法，那就是把周宣的路堵死了，他們已經說是真的了，周宣還能說什麼？再說是真的，也只是跟他們的屁股後面走，如果說是假的，那可能嗎？

周宣淡淡笑道：「這些都是假的，二十三件，沒有一件是真的！」

「什麼？假的……？」

楊真然和張執都是大吃一驚，隨即又露出不以爲然的表情。

「年輕人，要出頭是要靠實力的，再學個三十年吧，這些古董哪一件都是珍品，你這樣的技術，我勸你還是不要在古玩這一行混了，有點錢，留著開銷吧，別弄空了家底，後悔都來不及！」

楊真然嘲弄地對周宣說著，這傢伙，張口就說這些古董是假的，而且還全部都是假的，想出風頭也不看看有些什麼人在場。再說，他也沒必要這樣，在這兒又沒外人，說真說假也出不了風頭。

不過，張執倒沒像楊真然那般諷嘲周宣，而是說道：「小老弟，你說是假的，那你倒說說，假在哪些地方？有什麼特色？是什麼原因？」

周宣笑笑道：「可以，那我就先從這件鎦金碎花瓶說起吧。」

說著，蹲下身子捧起他最先看的那個鎦金紅花瓶。

「這個瓶子，外表做舊，釉色無火光，外表層上無酸咬砂磨的痕跡，從外表上看，看不出任何不妥，就是用高精度的儀器檢測，得出的結果仍然是真品！」

周宣神情自若地說著，手指輕輕在鎦金瓶上慢慢劃過。

張執倒是有些興趣了，問道：「這個是自然，不用你說我們也知道，但你說是假的，又是從哪裡鑑別出來的呢？」

從周宣跟他們說的做舊、火光、無酸咬無砂磨之類的術語來看，他倒不像完全不懂，至少是入過這一行才說得出來，而且這些都是文物做舊的一些秘法，比如說瓷器仿舊，最難的，就是新燒製出來的瓷器表面有一層刺眼的光亮，這也是仿造傳世瓷器者的一個死穴。

眾所周知，現在瓷窯燒製的成品，沒有年份，外表那一層是很新的，這個就是所謂的「火光」，仿造者們對付它的手段就只有兩種，一種是用強酸浸泡，第二是用超細的砂紙打磨。

但這樣仿製的東西也只能對付一般的收藏者，對付技術老到的高手是沒用的，因爲用強酸浸泡的瓷瓶會失去釉面的光澤，火光是沒有了，但顏色就很差，舊是舊了，但與真品的舊跡那是完全不同的，而用細砂打磨的瓷器在放大鏡下面，則可以看出有很規則的平行線條，那是砂子的痕跡。

這些在稍有些常識的玩家眼裡都能識破，更別說像楊真然和張執這樣的高手了。

周宣又笑笑道：「就先說說這一件鎦金瓶吧，它不是普通的新燒窯製品，而是用真正的千年前的舊瓷碎片拼湊沾合膠泥，再用精細瓷胎泥勾縫，再上古釉入窯燒製的。不僅僅底子是老瓷，而且上的色釉也是古傳或者從墓裏發掘到的古釉粉調製，這樣，合成品在出窯後，即使用高科技的儀器檢測，得到的結果仍是千百年的真跡。」

楊真然雖然一臉不屑，但對周宣剛剛說的仿製法還是很驚訝，從技術上說，也不是不可能，但耗費的精力和成本就相應大得多了，舊瓷片和古釉粉這些都是十分難得的東西。

張執也是同樣吃驚，愣了一下，然後又不解地問道：

「那我請問周先生，就算你這個說法有可能吧，但那瓷器上的火光又怎麼能去掉？這件鎦金品色澤古舊自然，我們也檢測過了，沒有強酸遺留的分子，瓶子光澤仍在，用放大鏡也仔細瞧過，沒有細砂打磨的痕跡，這個，周先生怎麼解釋？」

「楊老，張老！」周宣笑笑道，「既然你們也知道強酸和細砂是能瞧出來的法子，那人家還用酸咬、用砂紙打磨，就是傻子了，呵呵，說實話，做成這麼一件鎦金瓶，就是假貨贗

品，那它也值十萬八萬的，我估計造假的集團，像這樣的一件成品賣出來，絕不低於二十萬！」

楊真然哼哼道：「這個不用你多說，我們也能明白，花大價錢做出來的東西自然有它的價值，你倒是說說，那個火光如何能不損瓷器光澤而做到？」

周宣伸出手指頭在鎦金瓶上輕輕敲了敲，發出的聲音有些短，然後才說道：

「你們聽，用手輕輕敲，這瓶子聲音脆是脆，但短促，這是因爲這瓶子是碎片湊合起來的，如果是完整的老古瓶子，聲音就是脆而久，如果把它打碎，你們一眼就能瞧出來，舊瓷和內層會有一條很明顯的分界線，而舊瓷片接縫處勾勒的新胎泥顏色也是大不相同，從這些地方能很明顯地分辨出來！」

不過周宣所說的很明顯，那是指他用冰氣探測出來的，如果拿到別人那兒，又哪裡會很明顯了？

楊真然皺了皺眉，哼道：「鴨子死了就剩嘴是硬的，你就是嘴巴特別能說吧，你這話，說了還不等於是沒說？這價值巨萬的古董你能打碎了看裏面？誰能負這個責？哼哼，年輕人，還是務實些吧，紙上談兵，理論跟實際是不一樣的！」

楊真然顯然對周宣沒有耐心了，說的話也刀槍盡顯。

周宣淡淡道：「誰說我就沒有辦法驗證了？」

周宣淡淡的話，卻是有著無比的自信。而傅遠山也知道，周宣肯定能把兩個專家說服氣。就從剛才說的這些話，其實已分高下，還有什麼專家不專家的。

楊真然和張執兩個卻還是拿眼盯著周宣，他們要看看，他能說出什麼不損壞瓷器而又能鑑定出真假的花招來！

周宣側頭對傅遠山道：「傅局長，有沒有小銼刀之類的工具？」

「當然有！」傅遠山點點頭，馬上吩咐守候在外面的值班員拿一支小銼刀進來。

周宣接過值班員警拿來的銼刀，楊真然和張執都湊過來瞪大眼睛盯著。周宣笑了笑，把鎦金瓶挪了一下，放到光亮最顯眼的地方，然後小心地把瓶子倒過來，銼刀貼在瓶子的底部。

這個瓷器的硬度是非常高的，用鋼銼也是要使很大力氣才能銼動的，周宣當然也只是做個樣子，暗地裏早運起了冰氣，當鋼銼靠上去裝作使力的那一下子，冰氣就將那一點表皮層轉化吞噬了。

這個變化，楊真然和張執當然是不可能瞧得見的，他們只瞧見了周宣用鋼銼將瓶子底部銼開的一丁點表皮層，對瓶子本身是沒有損壞的，只是底部那個角邊給銼開了表皮層，對整體來說，一點美觀都沒有影響。

但也就是這麼一點，那個角邊厚度中，清楚現出了舊新舊的三個層面。最裏面一層是舊

的，是老瓷片，而中間那一層極薄的，明顯就是新舊結合點，再外面是做舊了的表層。

如此三層剖面，真相大白！

周宣笑了笑，把瓶子放穩妥後，再把鋼銼放到桌子上，拍了拍手，實際上並沒有灰塵，也只是做個樣子，笑著退開了兩步。

楊真然和張執都湊上前仔細檢查周宣銼開的那一點痕跡，以他們的眼力和經驗，當然一下子就明白了！

周宣和傅遠山瞧著這兩個專家，臉色立即變了，由紅轉白，再由白轉青！傅遠山不用想也明白了，周宣徹底把這兩個所謂的專家擊倒了！

周宣若無其事，淡淡地說道：

「其實，現在做假的手段已經遠超過了以往，科技越發達，造假的手段也越高超，而某些高仿品，別說肉眼，就是用高科技儀器也無法檢測出來！」

楊真然和張執這時候相互望著，兩人眼裏都露出了恐懼的表情來！

若周宣只是揭破了這些古董的真假，那也只是潑了兩人在警局的面子，那還只是個人面子，不算得頂大的事，但他們倆害怕的是，類似這樣的古董，他們博物館三年來已經購買了上百件之多，低的二三十萬，高的則高達三四百萬，總價約合兩千多萬元，花了那麼多錢，當時只是爲了搶救黑市流出來的古董文物，但如今看來，搞不好就是買了幾千萬元的贗品！

當然，那也是經過他們博物館幾個專家鑑定過了的，通過各種技術手段檢測，確定是真品，若在周宣剛剛沒說出這些話之前，他們還認爲這些是真品，但現在，兩個人心裏直打鼓！

照此情形來看，他們買回去的古董只怕絕大一部分都有問題，若真捅了出來，那對博物館和他們自己來說，都是一場災難。

楊真然和張執都算經驗豐富，要說打眼失手的事，也不是沒有，在年輕時也碰過不少，但到老了，即使有失手的事，旁人也不敢多說一句，沒想到這回就出大問題了，如果按照周宣的驗法，不知會驗出多少贗品來？

周宣自然是不知道他們心裏頭在想什麼，也管不了那麼多，他現在要做的，就是鑑定這些古董的真假，然後看傅遠山準備如何進行下一步。

楊真然和張執已沒有再跟周宣爭高低的心思，一開始那些冷嘲熱諷的話也煙消雲散了，這時候心焦的只是博物館那一批古董。

兩人對視一眼，點點頭，當即跟傅遠山告辭，匆匆忙忙就走了。

傅遠山對他們這兩個專家毫不在意，既然鑑定出文物的真假，那這事就明朗化了，盜賣走私文物是一條重罪，而他們現在又多了一條，那就是造假販假。現在，他們需要的是確定

偵破方向，抓到源頭，並查清已銷售的大批文物去向，這是有難度的。

贗品文物數量如此之多，涉案金額之巨，已經構成了一樁年度大案！

確定了這個事，傅遠山把周宣和傅盈請到他的辦公室坐下喝茶，他雖然升職了，但還沒有完全交接，就算他交接完了，在沒有任命新的局長前，這間辦公室仍然不會被佔用。

在辦公室中，傅遠山接了個電話，嗯嗯兩聲，掛了電話後，對傅盈笑呵呵地道：

「盈盈，你的車已經由城北分局的楊局長親自帶人送過來了，呵呵，盈盈，這車你接是要接，但也別接得太順手了！」

其實這個副廳長的位置，幾大分局的局長都盯著，要論實力關係來說，傅遠山其實是排在最末的，但世事難料，任他們中間誰都沒有想到，傅遠山後來居上，現在更是紅得發紫，這讓大家實在是想不通。

就以城北分局楊仕龍局長來說，他比傅遠山的關係更硬，這次副廳長的職位也以他最有機會，而他的老長官劉書記也透露過，這次升上副廳長的機會他占了八成，因爲新任的魏海河跟他關係頗好，他在後面替他推一把，上去的可能就相當穩了。

沒想到最後卻發生了天大變化，劉書記給楊仕龍打了個電話，只隱晦地說道：

「仕龍，這次的機會算是錯失了，當真是人算不如天算啊，也別嘔氣，安心工作吧！」

劉書記沒說明狀況，那肯定是他不願說，上層的心思總是不想讓人知道，楊仕龍雖然不知道上層是如何改變決定的，但卻對搶走了他這個位置的傅遠山視爲眼中釘了。這兩天正心裏堵得慌，沒想到下面彙報的一件事更讓他惱怒異常！

那就是城北交警大隊第七分隊的副隊長曾玉國把一個叫傅盈的車扣了，偏偏趕到現場來把人帶走的，又是他的眼中釘傅遠山！

楊仕龍趕緊把事情來龍去脈弄清楚了，惱怒不已，把曾玉國當場罵了個狗血淋頭！要是曾玉國只是查駕照而扣了車，也還好說，甚至可以說是不爲過，但這傢伙給豬油蒙了心，竟然想要把人扣下！

楊仕龍又把到現場的派出所楊副所長叫去問了情況，在幾個人結結巴巴的述說中，楊仕龍才搞清楚了曾玉國想要扣車扣人的真正原因！

這幾個混賬王八蛋！如果不是手下徇私，想戲弄傅盈，楊仕龍倒是可以用這件事情爲難一下傅遠山的朋友，傅遠山雖然升了副廳長，但一來腳跟還沒站穩，二來還沒有威信，像這樣的小事，他是肯定不會跟他楊仕龍鬧翻臉的，而且，他還可以光明正大地說是依法辦事，腰板也挺得直！可惜，這曾玉國，簡直就是頭豬！

不過，他既然扣了人家的車，這事楊仕龍也不能裝不知道，要是傅遠山找到他頭上來，還更不好說，但心裏著實又忍不下這一口氣！

楊仕龍最終還是給他的老上級劉書記打了個電話，請老上級傳授幾招，看可不可以不理這個事。

劉書記是他的老長官，老狐狸成了精一般的人物，聽了怔了怔，隨即問車主是什麼人，當一聽到是叫傅盈和周宣的兩個年輕人時，便覺得很耳熟，因爲他跟魏海河的關係走得很近，好像是在魏海河那兒聽到過周宣這個名字，但又不能確定，想了想，就給魏海河打了個電話詢問了一下。

魏海河剛上任不久，對老劉這樣權力圈中的幾個要人，自然是以拉攏爲主，再者，與他本來就有些交情，聽到他問周宣的事情，問清了原因，知道不是周宣出什麼事時，才對老劉說了他們家與周宣的關係，當然也順口說了周宣與老李家的關係，既然是這個圈子中的人，說清楚了，也是對老劉示好的一種態度。

老劉當即省悟，隨即又打給楊仕龍，話卻說得十分委婉：

「仕龍，你是我的老部下，我勸你一句，做事要三思而後行，爭一時之氣有什麼用？如果你只是爲了跟傅遠山嘔氣，我倒是不便說什麼，但扯到了那個叫周宣的年輕人身上，仕龍，還是按規則處罰吧，認真地道個歉，把車還給人家。今天，你很幸運，做了一件正確的事，那就是先給我打了電話。別的話，我就不說了！」

劉書記話說得不清不楚的，但有一點意思是很明白的，那就是讓楊仕龍千萬別跟那個叫周宣的年輕人較勁，這個人甚至遠比傅遠山的身分來頭要大得多，不是他能想像的。

楊仕龍身居分局長寶座，幹的是這樣的活兒，老長官的話讓他心裏亂了起來，當即命下屬查周宣的來歷。

如果是以前的周宣，或許還查不到什麼，但現在的周宣，歷經各種風浪，早已鋒芒畢露，楊仕龍要查的話，哪有查不到的？

等到下屬把查詢的資料交上來的時候，楊仕龍越看越是心驚！

周宣不僅擁有周張古玩店和周氏珠寶老闆的身分，而且還是住在宏城花園別墅區，那兒的房子一棟就需要數千萬以上，而從工商部門調出來的周氏珠寶的資料中顯示，周宣擁有周氏珠寶百分之九十的股份，幾乎是全資，而入注登記的資金為兩億人民幣。

這種數字上的遊戲，楊仕龍懂得，一般註冊資金通常只為公司真正資產的百分之四十，而最真實的資產是要從稅務報表上來估計的。

不過很多公司都有兩本賬，一本明一本暗，明的提供給稅務機關，暗的是公司的私賬，楊仕龍看到周氏珠寶最近三個月的季度報表為五億一千萬元的營業收入，淨利為一億一千萬，毫無疑問，這個周宣是個隱形的億萬富翁！

而周宣一家人從老家遷入京城來，入戶的主辦人，因為是同一個系統，遷入的地址又是

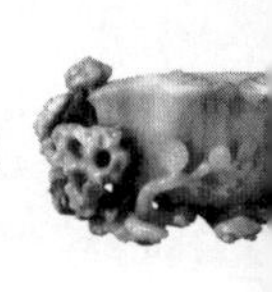

西城，同在京城內，楊仕龍與這些地方的關係熟得很，一查便知，看到替周宣辦理遷移手續的人，竟然是魏海洪！

魏海洪是什麼人物，楊仕龍當然明白，在京城地頭上，有哪些公子少爺的，他跟傅遠山心裏都有數，別看他這樣的副廳級幹部平時一呼百應的，但京城裏惹不得的人太多了，就怕手底下的人給他們惹上什麼麻煩，哪些人、哪些車牌是需要注意的，他們心中都有一本賬。

魏海洪的二哥是魏海河，這個也是楊仕龍不敢想、不敢碰的，再看到傅盈的身分時，楊仕龍同樣吃了一驚，傅盈的護照身分是紐約華人首富傅天來的孫女，傅家財產的唯一繼承人，而在京城的身分更是讓他嚇了一跳！

資料上面顯示，傅盈跟周宣即將於二月十八結婚，傅盈是魏海河的乾女兒，要從魏家出嫁，魏家現在已經在操辦婚事，這已經不是一件秘密了。

難怪，難怪傅遠山能把他擠掉，升上副廳長了，難怪老長官說，他幸好打了這個電話先詢問他，還真是差點做了一件大蠢事！

楊仕龍冷汗浸透了後背，在辦公室裏轉來轉去，思索了半天，最後還把曾玉國叫過來，大罵了一頓，再讓他停職等候處理，然後再叫車管處把傅盈的奧迪車送到分局來。

楊仕龍接著又絞盡腦汁想了些臺詞，其實，這事只是他的下屬犯了錯，也用不著他這般苦思冥想的自己去給周宣、傅盈還車道歉，但他為了顯得自己大度，說不定還能跟周宣拉上交情，便決定親自去。

再說，傅遠山已經升上去了，自己跟他暗裏惡鬥也沒什麼好處，搞不好人家還會給自己小鞋穿，何不借這個機會跟他把關係搞好呢？

自己處在下位，人家本來就是上級了，多一個朋友總比多一個對手好！

想開了，倒覺得事情沒那麼複雜了，心裏一鬆，一切似乎就迎刃而解！

第一七二章

一笑泯恩仇

楊仕龍端正地把茶端到嘴邊，一口喝了個乾淨，
連嘴角沾的一片茶葉也塞進嘴裏吞了下肚。
「古時候以酒解千仇，江湖上一笑泯恩仇，咱們是以茶交朋友！」
傅遠山說著，哈哈大笑起來。

楊仕龍想了想，先給傅遠山打了個電話。

「傅局……這個，呵呵，應該叫你傅廳長了，唉，下屬犯了錯，我這個主管自然難辭其咎，您現在算是我的上級了，我先向您認個錯，然後再過來向周先生傅小姐賠罪道歉！」

楊仕龍態度很誠懇地對傅遠山說道：

「傅廳長，我的下屬犯了錯，就等於我犯了錯，如果我犯了錯呢，您這個長官也難辭其咎，是不是啊？呵呵，傅廳長，我丟臉丟人，那就是丟了上級的臉，丟了上級的人，長官，你可得幫我扳回一點面子啊，我過來賠禮道歉，你這個長官也得護著點我啊！」

傅遠山呵呵一笑，看來這個楊仕龍是夠糾結的了，他既然這樣低姿態，也就不好過分為難他了。

楊仕龍一到傅遠山的辦公室中，瞧見周宣和傅盈的第一眼，就知道自己這一趟真是來對了！

雖然是一對年輕人，卻絕對不是簡單的人物，周宣不同凡人的沉穩，而傅盈超乎尋常的美麗，都令他震驚不已。

楊仕龍嘆了嘆，誠懇地道：

「周先生，傅小姐，我是城北分局的局長楊仕龍，是傅廳長的下屬，今天特地來向二位道歉，並歸還二位的車！」

楊仕龍說完，就瞄了傅遠山一眼。

傅遠山知道他的意思，本來這件事是可大可小，但他親自過來道歉了，看他這麼低姿態，自己也不能太過了。

周宣微微笑著沒說話，傅盈悄悄望了望傅遠山，剛剛傅遠山囑咐了她，不知道是要嚇唬一下楊仕龍呢，還是放過他？

「呵呵，老楊，大家都同事了不少時間，還說這個幹嘛，來來來，喝茶喝茶，我以茶代酒，敬你們一杯！」

楊仕龍紅了臉，仍是有些激動，端起了茶杯站起身來。

周宣當然不會拆傅遠山的台，人家楊仕龍既然懂得做人，便笑了笑，端了茶杯也站起身，傅盈笑吟吟跟在周宣身邊站起來。

「傅廳長，以後咱們就是上下級了，以前有什麼不愉快大家都忘了，這一杯喝過後，我們就是上下級兼朋友了！」

楊仕龍端正地把茶端到嘴邊，一口喝了個乾淨，連嘴角沾的一片茶葉也塞進嘴裏吞了下肚。

傅遠山和周宣都笑呵呵喝了茶，然後坐下來。

「古時候是以酒解千仇，江湖上一笑泯恩仇，咱們這是以茶交朋友！」傅遠山說著，哈哈大笑起來。

周宣看他們兩個還融洽，笑笑道：「你們談吧，我們就先走了！」

傅遠山還要準備造假文物那件案子，又還要上報資料給上級，因爲涉案人員牽扯太多，博物館那些老教授專家們雖然沒什麼權力，但也不是那麼輕易好動的，這些老傢伙，不是這有關係就是那有關係，一扯起來一大片，若是一個兩個還好說，但牽涉的層面實在太廣了，京城博物館同其他好幾個省級城市的大博物館都在內，該如何定奪，還得由上級來決定。

周宣和傅盈要走，傅遠山倒也不留，在他局裏留著也沒意思，有空時約在外面吃個飯，轉一圈還可以。

「那好，我送送你！」傅遠山起身說道。

楊仕龍一見也跟著起身，說道：「好，我也送送！」

傅盈的奧迪TT就停在分局停車場的前面，車身洗得乾乾淨淨的，光亮如新。是楊仕龍特地叫人把車洗淨打蠟的，事雖小，但卻顯得很有心。

傅盈把車開出來，周宣在另一邊上了車，然後從車窗裏向傅遠山和楊仕龍揮揮手，笑言別過。

出了分局大門上路，傅盈笑問：「我靠邊，你來開？」

周宣笑道：「我還開？就為開一下車，搞了這一半天，不開了，下次心情好的時候再開，我還得記著帶上駕照，做個遵紀守法的好公民！」

「就你那樣還好公民？我看就一大色狼！」傅盈笑語嫣然地說著。

周宣側面瞧著傅盈嬌美的樣子，忽然心動不已，要不是在車裏，忍不住就想把她抱在懷裏親熱一番。

傅盈側頭瞄了一眼，見周宣發著愣，臉還紅，很奇怪的樣子，趕緊問道：

「你怎麼了？是感冒了還是累了？」

周宣嘆了一聲，然後又扳著手指頭一五一十的數了起來，「一，二，三，四，五，……」

傅盈嗔道：「你到底在幹什麼？」

周宣皺著眉頭道：「我在倒數結婚還有多少天啊，現在二十八，二月十八，還有二十天，我放著個漂亮老婆在家裏，天天只能看不能動，跟做和尚有什麼區別？我真是太冤啦！」

「嘎」的一聲，傅盈猛地剎了車，把奧迪TT停在了路上，又羞又惱地道：

「你……你……要死了你！」

傅盈這一急刹車，又是不該停車的地方，後面的車差一點就撞了上來，那司機停了車下來惱道：「怎麼開車的你，會不會開車啊？」

傅盈咬著唇，瞪了周宣一眼，忽然發嗔道：

「我不開了，你來開！」

「又要我來開？」周宣呆了一下，傅盈臉又紅了起來，一害羞起來就什麼都不顧了。

「好，我來開就我來開！」周宣趕緊答應，說完就準備開車門下車。

「別下車，就在車裏，我從你身上過！」傅盈眼也不敢看他，低了頭說著，臉也更加紅了，「外面車那麼多，下車不安全！」

後面的司機又在叫了：

「喂，會不會開車，不會開車坐大爺這邊來！」

後面的司機從傅盈車頭上的鏡子中瞧見了她的面容，這麼漂亮的一個女孩子，哪有不調戲一下的！

傅盈撒嬌不開車，後面的司機又罵又催又調戲的，周宣怒從心頭起，運起冰氣，將後面那輛車引擎的內核給轉化吞噬了一點。

現在，後面那車肯定是發動不了，就衝他罵人調戲的口氣，周宣把他的車毀了也不冤。

傅盈見後面那司機一鬧，也不換位置了，趕緊開了車，加足了油門迅速跑起來。

後面那人還在髒話連篇地說著，不過看到前面傅盈的車開走了，也準備開車，卻怎麼也發不動，趕緊檢查了一下。

這樣一來，後面的司機們也都叫了起來，這人越急，越檢查不出問題，緊接著，交警巡邏車也停在了他的車邊！

傅盈在照後鏡裏遠遠瞧著，惱道：「這傢伙嘴那麼髒，活該！」頓了頓，忽然又側頭問周宣：「那車子是你弄的吧？」

周宣笑道：「就衝他那臭嘴，不整他整誰？」

傅盈甜甜一笑，但隨即又板起臉道：「以後在公共場合，不許再跟我開玩笑，瞧你剛剛說的，羞死人了！」

周宣嘆了一下，然後才說道：「盈盈，你的意思是，在公共場合不能跟你說這樣的話，做這樣的事，那不在公共場合就可以了？」

傅盈哼了哼，見周宣兩眼放光，又摩拳擦掌的樣子，不禁又好氣又好笑，雖然明知周宣這個樣子是裝出來的，仍然禁不住惱道：

「你……就知道瞎說，就知道欺負我！」

兩人嘻嘻哈哈戲鬧著。

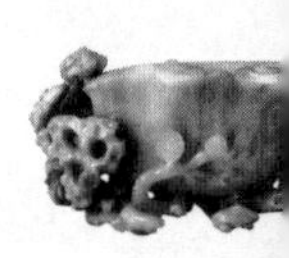

回到家後，劉嫂剛剛好做好晚飯，周瑩跟李爲已經回來了，周濤還沒回家，最近周氏珠寶生意太好，他跟李麗不得不天天加班，其實，那都是因爲周宣賭回來太多的上等翡翠，又做了太多的新款飾件，營業額激增也是在情理之中的事。

吃過晚飯後，周宣獨自上樓休息，做他必做的功課，只要在家裏，他每天都會在這個時候，通過晶體吸收冰氣能量，然後看看書，增加點古玩知識。

傅盈今天被周宣給戲弄了，不敢再跟周宣瞎扯，更不敢跟周宣上樓去。

周宣回房後，拉開抽屜，但卻找不到晶體，不由得怔了一下，上一次就是放在這兒啊，絕對沒放到別的地方。

又找了找屋子中別的地方，也沒有找到，想了想，當即運起冰氣感應，冰氣運出，把整棟屋子上上下下都感應了一遍，都沒有晶體的存在。

如果冰氣沒找到晶體，周宣就肯定這晶體不在這棟房子中了！

周宣心驚不已，誰會來偷這個晶體呢？想來想去都想不到是誰，而且，這晶體的秘密只有他自己一個人知道，包括傅盈都不知道。

傅盈只知道他有冰氣的能力，但晶體的事一無所悉，自從周宣從上官明月送給他的那塊天外黃金礦中得到這個晶體後，這晶體的秘密外人無從得知，就算家裏來了賊，要偷的話，也只會偷值錢的東西或者現金，爲什麼會偷這麼塊玻璃晶體？

周宣想不通，又沒有殘留的小偷痕跡，也無從探測到影像，想了想，趕緊跑到樓下問金秀梅：

「媽，家裏來賊了，你們檢查一下，看有沒有什麼東西被盜？」

金秀梅吃了一驚，趕緊叫劉嫂跟傅盈周瑩幾個人各自到房間中檢查，十來分鐘的時間便檢查遍了，但奇怪的是，家裏金秀梅還放了好幾萬的現金，傅盈送給她和周瑩的首飾，以及周濤和周蒼松的手錶，那些都是值幾十萬的名貴物品，但卻都好好的沒有被盜。

金秀梅奇怪地問道：「兒子，我們啥都沒有丟，你有什麼不見了？是很緊要的東西嗎？這家裏，我跟劉嫂除了買菜，其他時候也沒離開過啊，賊是怎麼進來的呢？」

周宣皺了皺眉，「媽，沒事，丟了樣小東西，沒什麼緊要的，算了，以後小心些就是了，我回房睡了！」

金秀梅嘀咕道：「怎麼這麼古怪呢？」

周宣又回到房間裏，晶體不見了，心裏總是忐忑不安，只是那晶體除了他能使用外，別人也無法吸取其中的能力，這樣心裏還好過些，那晶體裏的能量必須是本身有冰氣的人才能吸收，要是沒有冰氣的話，那塊晶體就跟一塊玻璃廢品沒有區別，而這個世界上，周宣估計他應該是唯一的一個擁有冰氣異能的人吧？

這一晚，周宣老是做噩夢，睡得一點也不踏實。

接下來一個星期，周宣都在尋找檢查，但仍沒有那塊晶體的消息。

這天早上，周宣迷迷糊糊被手機鈴聲驚醒，從床頭上拿起手機一看，是傅遠山打過來的，趕緊接通了。

「老哥，什麼事啊？是那案子的事嗎？」

傅遠山語氣似乎有點急：

「兄弟，這案子很棘手，牽涉層面很寬，上面特別成立了專案小組，你馬上過來，有些事要跟你當面商量才行！」

「好，我馬上過來。」周宣掛了電話，起身洗臉刷牙，換了一身衣服後下樓。

樓下客廳裏，老媽金秀梅在，周宣說道：

「媽，傅局長那兒有事找我，我過去一下，不在家吃飯，你跟盈盈說一聲！」

「哦，好！」金秀梅正在專心看電視劇，揮了揮手，也沒跟周宣多說。

周宣出了門，到宏城花園外邊的街道上攔了計程車，直接往東城分局而去。

分局大門口的警衛也認識周宣了，連登記的事都沒問，陪著笑臉請他進去了。

周宣乘電梯到了傅遠山辦公樓的那一層，走到他辦公室門口輕輕敲了敲門。

傅遠山似乎知道是周宣來了，打開門，一見到周宣就笑呵呵地拉著他往另一邊走，一邊走一邊說：「兄弟，到小會議室，有個重要客人，你猜猜是誰？」

周宣詫道：「這我哪猜得到是誰？老哥你就別賣關子了，說吧，是哪位？」

傅遠山只是笑，把他拖到小會議室門口，然後推開門進去。

周宣進門後瞧見，小會議室裏的沙發上坐著一個女孩子，綠衫白褲，白布鞋，齊肩烏髮束了個馬尾紮在腦後，相貌秀麗到極點，並不亞於傅盈。

這個女孩子周宣當然認識，只是不知道是魏曉晴還是魏曉雨。

傅遠山拉著周宣在沙發上坐下來，笑道：

「兄弟，這位海軍上校，呵呵，我想你們是認識的吧？」

傅遠山的這一句話，立即讓周宣明白了，這個是魏曉雨！

但魏曉雨現在的氣質和表情都跟以前他剛認識的時候大爲不同。那個時候的魏曉雨一絲不苟，隨時都是一身筆挺的軍裝，又驕傲又冷冰，做什麼事都是極度以自我爲中心，從來瞧不起別人，周宣極不喜歡她那個性。

但現在的魏曉雨顯然大變樣了，他能明顯感覺到她的女性溫柔，能把對妹妹魏曉晴的關心表露出來，周宣覺得她也沒有那麼令人討厭了，不管怎麼說，一個能對自己的親人付出一切的人，不會是個沒有良心的人。

魏曉雨淡淡一笑，對周宣伸手道：「又見面了！」

周宣也跟她握了一下，她的手很軟很冰，好像魏曉雨的臉蛋也瘦了。

不過，這種話當然不能說出來，他也好久沒見到魏曉晴了，那個丫頭不知道怎麼樣了，周宣雖說不會愛上她，但畢竟同生共死，一起經歷過危難，關心總是有的。

傅遠山笑笑道：「好了，兄弟，現在我跟你說一下情況，有些事還得你自己定奪。」

瞧著周宣靜靜等著他說，傅遠山呵呵一笑，又道：

「兄弟，言歸正傳，這件案子遠不是你我想像得那麼簡單，我一開始以為是這些人造假販假，只牽涉到幾大博物館的專家和高層管理在內，但現在看來，遠不止於此。我上報到廳裏，廳裏再上報到上面，由魏書記親自召開了會議。

這件案子牽扯到一個國際秘密組織，他們借著文物走私的通道，還有更大的隱情，與幾個國家都有牽連。在國內發生的幾起案子中，我們挑出了兩起，似乎與這件案子有關，或者說是有密切關係。

在這兩件案子中，都有著超常奇異的地方，是警方無法解釋的事，所以我才向魏書記推薦了兄弟你，而魏書記為了加速案子的進展，特地調來了海軍的魏上校，他的親侄女魏曉雨小姐，我想讓你們倆配合工作，來秘密調查案子背後的隱形人物。」

原來是這樣。只是案子案情重大，牽扯如此之廣，他一個普通老百姓涉足進去不太恰當吧？

周宣想了想，才對傅遠山道：「老哥，我覺得我貿然加入不大好，我可以幫你們查探一下，但我不想進入你們的正式小組編制。」

傅遠山笑笑道：「兄弟，你想錯了，你根本就不在我們的小組編制中，你只對我一個人負責，而我對廳長和魏書記兩個人負責，你和魏上校的身分和行動計畫，只有我們三個人知道，小組其他成員都不知道。這是兩起案子相關資料，你先看看。」

傅遠山從桌上拿起資料遞給周宣，顯然魏曉雨早就看過了。

周宣拿起資料翻開來，第一份資料上看到的，是江北一間大型博物館被盜案，作案時間是兩天前的凌晨三點十分，博物館有監視器，有保安值班，而博物館大門是四寸厚的純鋼製成，就是用兩噸的卡車撞，也撞不開這樣的門，而且還有一連串的示警報警設施。

但奇怪的是，所有的示警報警設施都失去了作用，監控錄影的攝影機也失去了作用，保安連同博物館的十幾件最珍貴的國寶一起消失了。

而後面的專家檢查報告上，這些高科技防盜設施都沒有壞，讓它們失去作用的原因是，連接的線路中，一些銅線芯消失了。而讓專家們奇怪的是，那些線路裏面的銅芯雖然消失了，但外表層的塑膠外圈並沒有破損，這是如何辦到的？

在最後的總結報告上，初步估計是內外勾結，保安與外盜勾結，但保安卻是徹底失蹤了。

第二件案子是在南方發生的，時間是一周前，只是這件案子卻不是竊盜，而是集體失蹤案。

這件案子是在海上，是海上巡邏隊在檢查一艘走私船時發生的，巡邏艇上面一共有九名巡邏武警，還在跟總部通訊聯絡時，卻在剎那間消失了，與總台失去了任何聯繫。

隨後趕到那片海域的武警後來發現了巡邏艇，在艇上檢查並拍了照，周宣正在翻看的，就是那些巡邏艇上的照片。

周宣越看越是心驚，巡邏艇上的照片中，全都是有疑點的地方，有幾張是子彈射在艇上留下的彈痕痕跡，還有巡邏武警用的半自動步槍和衝鋒槍，幾百發子彈，只是那些子彈都拆開了彈殼，報告上得到的檢查結果是，這些子彈裏面都沒有炸藥。

而這些子彈都是正規彈藥工廠生產的，在武警總部的彈藥倉庫裏，同一批運來的子彈中抽調檢查，發現子彈並沒有任何問題。

有問題的只有巡邏艇上武警使用的子彈，而那九名武警又到哪兒去了呢？經由大部人馬搜尋檢查，都沒有半點線索，得到的結論只有兩點猜測，一是這些巡邏武器跟犯罪分子合作，逃離了，二是九名武警被殺害了。

周宣不禁倒抽了一口涼氣！

這兩件案子或許別人不知道原因，但由周宣看來卻是不難想像，如果他用冰氣，那這兩件案子的結果就完全一樣，可是，這案子肯定不是他做的！

難道這世上，還有第二個人有冰氣異能？

前段時間被盜的晶體，會與這些案子有關嗎？

第一七三章
是敵是友

現在忽然冒出一個與自己同樣擁有這種能力的人，
周宣心裏一時有些不能接受，而且更難猜測的是，
這個人不知道是不是自己的對手，
如果是與自己為敵的人，那麼會有什麼樣的結局呢？

周宣心中的疑問，傅遠山並不知道，他只是因爲這兩件案子與本案有關，又因爲其中莫明其妙無法解釋的東西太多，所以才想到還是讓周宣來協助調查。

這件案子要是能查個水落石出，那他這個新上任的副廳長寶座就絕對穩如泰山，那些神秘而無法解釋的東西，恐怕也只有周宣這樣更神秘的人，才能解答開來。

但周宣是又惶恐又吃驚，因爲這兩件案子，只有他這種有異能的人才能辦到，從有冰氣開始，一直到現在，他都沒有遇見過跟他一樣的人，除了那個會讀心術的馬樹略算半個吧，而這兩件案子中，就只有跟他有一樣能力的人才能辦得到。

如果沒猜錯，那個保安和九名武警是都被吞噬掉了，百分之九十以上的可能已不在人世了！看來，這件案子確實不像周宣想像的那麼簡單。

魏曉雨被調到這個案子中來，是她二叔魏海河考慮的結果，南海武警不屬於地方上管，要找軍方一個人來能更好地完成工作，而周宣則作爲警方的代表，兩人又都相識，在魏海河看來，他們家跟周宣的關係很深厚，應該沒有問題，只是他不知道，周宣跟魏曉雨私下的關係並不太好。

如果只是案子的關係要他跟魏曉雨合作，那周宣不太願意，畢竟他跟盈盈快結婚了，在這個當口，他是不會找些麻煩往自己頭上放的。

但有一點，周宣又特別想插手，那就是，他想找出隱藏在暗處的那個擁有冰氣異能的人，最重要的是，這個人可能就是那個偷走他晶體的人。

「好，老哥，這件事我加入，只是要從哪裡開始，什麼時候入手？」周宣決定了後，問傅遠山。

傅遠山攤攤手，說道：

「說實話，我也不知道從何入手，而且，如果你答應的話，那就只能你和魏小姐兩個人單獨行動，我們警方不能插手，這件案子太複雜，幕後人物滴水不漏，十分隱匿神秘，而且某些方面也超過了自然的因素，爲了不打草驚蛇，也爲了更多員警的生命安全，你們只能暗中調查。我有一個專線電話留給你們，在最困難或者發現線索的情況下，你們可以打這個電話跟我聯繫調集人手，否則，你們只能靠自己來做事。」

傅遠山說這些話很爲難，因爲是他要周宣來幫忙的，但沒想到魏海河給他出的是這麼一個大難題。

周宣猶豫了一下，又問道：

「老哥，如果我插手這個案子，中間會耽擱多長時間？還有十來天就是我跟盈盈的婚禮了，這個不會誤事吧？」

傅遠山苦笑道：「這個，我也不敢保證，也許一周，也許十天，也許一個月，還可能根

本就破不了案。你的婚事是魏書記籌辦的，他當然明白，如果在婚禮之前辦妥了，那就沒關係，如果到時候還沒有破案，魏書記交代了兩個方案，一是你回來先辦了婚禮再去，二是辦完了事再回來，延後婚禮。」

周宣苦笑著，這兩個方案都不是最好的，正考慮著該怎麼向傅盈和家裏人交代。

傅遠山又說道：「那個你放心，你只要跟家裏打個電話，說有事到江北一趟，別的我再來替你說，只是你的手機不能帶，以免給家人帶來麻煩。」

說完，傅遠山又從衣袋裏取了兩張機票出來，「這是到江北的機票，十二點的！」又看了看手腕上的表，然後道：「還有四十分鐘！」

周宣又是苦笑不已，接過機票道：「老哥，你啥都準備好了，還問我答不答應？」

然後，他掏出手機，放到傅遠山面前的桌上，說道：

「老哥，這個惡人就由你來做了，盈盈那兒是最難擺平的。行了，你安排人送我們到機場吧。」

傅遠山擺擺手道：「事不宜遲，馬上走吧，車也早準備好了，就等你們動身。」

這一陣子，魏曉雨幾乎都沒說話，瞧表情不像是裝酷，也不是以往那種冰山美女的表情，直到上飛機後，魏曉雨才輕輕問道：

「最近還好嗎？」

「好！」周宣也不知道該跟她說些什麼，只是簡單地回答了一個字，又想問一下魏曉晴的情況，卻又覺得不好開口。

魏曉雨嘆了口氣，幽幽道：

「我妹妹，最近很不好！」

「曉晴……她怎麼了？」周宣還是忍不住問了一下，魏曉晴那楚楚可憐的模樣又浮現在眼前。

魏曉雨搖搖頭，沉默了一陣子，然後才說道：

「我妹妹是個什麼樣的人，你又不是不知道，外柔內剛，是個牛脾氣，她認定的事，就算是碰到頭破血流都不會回頭，唉……」

嘆了口氣，魏曉雨側頭望著玻璃窗外，喃喃道：「人生，總是覺得很長，其實還不就那麼一眨眼就過去了！」

周宣默然無語，是啊，人生其實很短，正因爲很短，才更應該珍惜所愛的人，珍惜人生，千百年後，一切都煙消雲散，化爲塵土，又有誰會記得？

到了江北，出了機場後，兩人搭了計程車往市區而去，按魏曉雨的想法，本是想先找間酒店住下後再來慢慢調查。

但周宣想早點把事情解決，早點回去，自己這麼一出門，然後就消失許久，傅盈肯定會擔心的，而且，如果知道他是跟魏曉雨一起出去的，那可能會很難過！

魏曉雨問周宣先去哪，周宣直接說到博物館附近，先從那兒找線索。魏曉雨也不多問，依著周宣的意思往博物館那邊去。

江北的這間博物館規模很大，占地數千平方的一棟六層樓的建築，因爲才發生文物被盜的事，因此前面大門的守衛並沒有減少，反而增多了，大門處的警衛以前是兩名保安同時值勤，現在則增加到了三名。

魏曉雨和周宣想就這麼進入是沒有辦法的，傅遠山說了，他們不能使用警察的名義，只能一切靠自己。

魏曉雨一看，對周宣低聲道：

「先到後面看看，看有沒有地方能進去。」

從大門側面往後轉過去，院牆高過五米，要想憑空爬上去是不可能的，而且院牆頂上還有半米高的電網，就算找到高梯子搭上，也沒有辦法翻越過電網的。

魏曉雨皺了皺眉，從外圍還真難進入，從圍牆上過去，那必須得截斷電源，但博物館的電源主線肯定是在裏面！

想了想，魏曉雨說道：

「算了，我們把三個警衛打暈，然後進去看看。不過，我想進去的作用不大，經過這麼久時間，警方肯定是早檢查過了，警方撤走，就表示現場已經遭到了破壞，即使我們進去了，我想也不可能發現線索。」

周宣卻搖搖頭道：「必須要進去，我需要到現場檢查一下。」

魏曉雨沉默了一下，然後說道：「那只有從大門口強行進去了，你在我後面，我動手，但是我們要在十分鐘內出來，否則保安醒過來就會報警。」

周宣卻沒有聽她說話，仍然往院牆那邊過去。

魏曉雨不知道他要幹什麼，停了停，還是跟了過去。

周宣走得很快，離她有十米遠的距離，在一處有幾棵十分高大的樹邊，周宣停了下來，轉頭對魏曉雨說道：

「快過來，這裏有一個洞！」

魏曉雨一怔，隨即快步上前，到周宣身邊時，見到院牆上還真是有一個半米寬一米高的大洞，一個人彎腰進去半點問題也沒有。

很是奇怪，這個地方怎麼會有這麼大一個洞？周宣二話不說，彎腰鑽了進去，這個地方在博物館後方，有點偏僻，沒有行人經過。

魏曉雨雖然感覺奇怪，甚至覺得這會不會是博物館方面設下的陷阱，但周宣早鑽了進

去，她也只得跟了過去。

天色已經完全暗了下來，這博物館的後面又沒有開燈，隔了五六米遠便看不清人了。不過這對周宣和魏曉雨來說倒是好事，不用擔心暴露，因爲博物館大門有人嚴守，院牆高達五米，頂上還有電網，除了是隻鳥，否則人是不可能進得去的。

但周宣自然不是普通人，魏曉雨也自然不知道這個洞是周宣弄出來的，鑽進去後見沒有任何不妥，心裏更是懷疑。

魏曉雨跟在周宣後面，想叫他小心些，別亂跑，不熟悉地形，得摸清楚後再進去，誰知周宣在前面走得很快，彷彿就是在自己家裏一樣，只是把腳步聲放得很低。

周宣在前面用冰氣探測著，現在冰氣正達到高峰，能探測到五十米以外的距離，如果凝成束只探測前面，幾乎能超過兩百米遠，所以周宣很清楚前面有什麼，要往哪個方向去，要避開人是輕而易舉的。

博物館的收藏大廳是最嚴密的地方，周宣一邊探測，一邊往前面的方向走，魏曉雨幾乎是被動地跟著走，周宣根本就不問她，自顧自往前走，這要換在以前，魏曉雨自然會對周宣不爽，但現在的魏曉雨不同了，感情是能改變一個人的。

魏曉雨這時候心裏想的是，周宣那一次被她帶到武術技擊館裏，被她狠狠打過一次，只是到現在還沒想通，周宣明明是個不會武術的人，也沒練過任何內家功夫，爲什麼能抵抗得住她那麼猛烈的打擊？甚至比她更有耐力和恢復力？

她可是練過技擊搏鬥的高手，如果是敗在同一級別的高手下，還情有可原，但周宣跟她分明不是一個級別，從頭到尾都在挨打，被打得那麼慘，居然最後還把她給治服了，想不通！

不過後來魏曉雨也釋然了，她是何等驕傲的人？妹妹魏曉晴也是個驕傲的人，可如此拔尖的姐妹倆都同時喜歡上了周宣，能說周宣是個普通人麼？而跟周宣生死相戀的傅盈又比她們姐妹倆差了麼？

「等一下！」周宣忽然停住了腳，然後伸手把魏曉雨拉住壓在了牆壁上。

魏曉雨被他充滿男人氣息的身子緊緊貼在身上，心裏一陣暈眩，忍不住伸手輕輕環住了周宣的腰。

這個男人可是她日思夜想，暗戀著的男人，而這個男人從來就沒有喜歡過她，她只能在夢裏與他相會，可現在，這個男人實實在在把她拉住了，貼在懷裏，雖然不是她想像的那樣美好，但魏曉雨還是心情激動。

周宣自然不知道她心裏想什麼，這個動作也是無意的，因為他探測到前面的巷道中有兩個人走過。

等這兩個人說著話走過去後，周宣才小聲道：「好了！」然後鬆開她的手，又往前面輕輕走去。

魏曉雨心裏仍在懷念著剛剛那一刹那的溫情，周宣鬆開了她的手後，不由得悵然若失！

周宣冰氣盡力延伸著，努力探測著他要找的地方，在往右前方大門的方向再走了五六十米遠，然後停了下來，凝神感覺了一下，這裏有三條巷子，冰氣探測了一下，然後選了中間那一條。

魏曉雨就像個木偶一樣，跟在周宣的背後，以往那個有獨立主見的頭腦，此刻是半點也沒有發揮出來。

周宣又走了幾十米，然後停下來說道：

「好了，就在這兒！」

這裏沒有開燈，往左前方望過去就是主大門，燈光亮著，三個警衛在大門的崗哨裏，而他們兩個所站的地方，就是博物館大樓底層的大鐵門處。

魏曉雨藉著遠處的燈光瞧見，周宣伸出手在大鐵門上摸索著，有一道人形裂口，這是被切開的一個洞口，他想到白天在傳遠山那兒看到的資料上，這博物館的大門被弄出了一個大洞，難道就是這個？

但此時，這個大洞已經被重新焊接填補好了，只是外面的裂口印痕還在，而周宣正伸手觸摸這道裂口，閉著眼，彷彿做夢一樣。

魏曉雨很是奇怪，周宣是在幹什麼？

周宣當然是在感應著那個裂口處留下的訊息，只是破壞得太嚴重，經過無數人的撫摸和損耗，又被高溫焊補過，不過，周宣依然可以感覺得到，這上面的無數殘留訊息中，有一絲與他完全一樣的冰氣氣息！

在感覺到這一絲殘留的訊息後，周宣又驚又疑！

這個同樣會使用冰氣的人，是一個之前與他完全無關的人呢，還是和他熟悉的人？與偷他晶體的人會是同一個人嗎？

周宣在心裏希望偷晶體的小偷與這個人無關，最好是什麼也不知道的小偷，誤認為那只是一顆寶石，只要是不知道晶體的真正用處，才能讓他放心。

如果丟失的晶體與這個擁有冰氣的人毫無關係的話，周宣還是有希望找回來的。

當然，這也是周宣的幻想，想想也知道，他所住的是價值數千萬的高檔別墅，而進去的小偷就只拿了那顆又小又不起眼的晶體，其他房間裏的現金、值錢物品等等全都沒動，這就很讓人奇怪了。

無論周宣願不願意那麼想，這個小偷都絕不只是個簡單的小偷。

在江北博物館這道大鐵門上殘留的資訊中，周宣可以肯定，這個人的冰氣能量絕不比他低。

周宣在最初得到冰氣能量時，只能測到物件年份，而不能轉化吞噬，轉化吞噬的能力還是在美國那個天坑洞底吸取了大金黃石裏的能量才達到的，在達到能轉化吞噬的能力後，許多能力其實他已經擁有了，只是自己沒有發現而已。

而現在這個鐵門上殘留的氣息中，周宣可以感應到，這冰氣的能力絕不容輕視，最主要的是他沒有心理準備，一時間還真是有些措手不及。

一直以來，周宣都以爲自己是獨一無二的，也一直以冰氣縱橫馳騁，屢屢化險爲夷，在最危險的幾次中，都是用冰氣化解了危險！

但現在卻忽然冒出一個與自己同樣擁有這種能力的人，心裏一時有些不能接受，而且更難猜測的是，這個人不知道是不是自己的對手，如果是與自己爲敵的人，那麼會有什麼樣的結局呢？

如果真是敵手，那就遠不是在香港遇到的馬樹那麼簡單了，馬樹雖然是周宣遇見的第一個會特異能力的人，但周宣還遠沒把他放在心上，但現在這個人就不一樣了！

再聯繫到自己丟失晶體的那件事，如果這個人就是偷晶體的那個人的話，問題就嚴重了，一個擁有和周宣一樣能力的人，又在暗處，那危險程度就不用想也能明白了。

周宣不禁一陣驚悸，也許在不知不覺間，那個隱藏在暗中的人，就會把自己從這個世界上抹掉了！

更讓周宣擔心害怕，甚至感到恐懼的是，他的親人都在這個人的監視之下，如果這個人對他的親人們下手，或者來恐嚇要脅他，那又該怎麼辦？

「周宣，你怎麼了？」魏曉雨見周宣摸著大鐵門發癡的樣子，心裏很擔心，上前扯了扯他的衣服，輕輕問著。

「哦，沒事！」周宣醒悟過來，腦子裏已經得到了他想要的東西，雖然不明顯，但比瞎頭瞎腦到處亂闖要好得多，但終究是心裏如驚濤拍岸一般，靜不下來！

瞧了瞧前邊大門口處，三個保安一點也沒有發覺，點點頭，向魏曉雨示意了一下，輕悄悄地就往回走。

魏曉雨一邊跟著，一邊悄悄問道：

「周宣，這樣就走了？不再到現場檢查檢查？」

周宣搖搖頭，只是往前走，魏曉雨緊跟了幾步，挨在他身邊，又從進來的那個洞口鑽出去，一直走出博物館的範圍，走到大街上後，才見到紅燈綠光的，行人車輛如流，熱鬧起來。

在路燈下，魏曉雨瞧著周宣的側面，周宣沉思著，一半的側臉有如雕像一般，以前她覺

得極爲普通的面容，現在卻變得無比帥氣，比她所見到的任何男人都更有吸引力！

第一七四章
少女情懷

周宣為什麼要帶著她跑到這麼偏僻的山區來？
他真的就完全沒有私心？還是想跟她把關係拉得更進一步？
魏曉雨心裏莫名煩惱著，瞧著這一間房，
一條被子的，要是周宣真要……
她應該怎麼辦？

「曉雨，走，我們去超市買點東西！」周宣忽然抬起頭，伸手拉著魏曉雨的手，往前邊有個「XX超市」的大招牌地方走去。

這是今天晚上周宣第二次主動拉她的手了，雖然魏曉雨知道周宣心裏沒有半分邪念，也不是要占她便宜，或是對她有好感了，但魏曉雨就是感到莫名的欣喜、激動，一聲不做地像隻小綿羊一樣，乖乖地任由周宣拉著走。

她的手很冰，周宣的手很暖和，魏曉雨忽然有一種從此就跟著他在這條路上走到世界盡頭，走到世界末日的念頭！

但她的這個念頭，只不過維持了短短一分鐘，就被打碎了。

進了超市，周宣鬆開手，指著最邊上放行李背包的那一邊，說道：「先到那邊看看！」

魏曉雨悵然若失地跟在他後面，根本都不知道自己在幹什麼。

背包欄架上，只有三個牌子的包包，瞧了瞧價錢，至少都是五六百元左右，甚至還有的要一千多元。

看了幾款，周宣最終還是選了平價的兩個背包，他把背包拿下來順手遞給魏曉雨，然後又到一旁推了一輛購物車。

魏曉雨提著背包直發呆，只是傻傻地跟在周宣身後。

超市裡，很多顧客和超市員工都偷偷盯著魏曉雨，因爲她實在是太漂亮了，就是電影明星中也難找出一個她這麼漂亮的來！

魏曉雨卻是沒注意到這些，她一貫的精明冰冷都被周宣弄得消失無蹤。女孩子一旦掉入愛情的漩渦中，腦筋和智力都給漩渦漩走了！

周宣推了購物車到食品架那邊去，麵包、餅乾、飲料裝了一大車，又拿了兩支小手電筒，到結算處排了隊，前邊有三個人。

魏曉雨提著背包站在周宣身邊，高挑苗條的身材，精緻漂亮到極點的臉蛋，引得四周的人都盯著她。

輪到周宣的時候，收銀員把所有的貨物條碼照了一下，收銀機上顯示是兩百八十六元，然後問道：「先生，還有其他的物品嗎？」

周宣瞧了瞧魏曉雨，「哦」了一聲，又趕緊從她手上把兩個背包取下來遞給收銀員，說道：「還有兩個背包！」

收銀員把背包打好價錢，又道：「一共是一千六百二十二塊，先生，需要袋子嗎？」

周宣搖搖頭道：「謝謝，不用，我用剛才買的背包裝就好了！」隨即掏出皮夾，取了銀行卡給她。

在另一邊，魏曉雨低頭彎腰幫周宣裝東西，周宣趕緊過去把食品和飲料分開裝了，先把飲料裝進袋子後，剩下的食品則裝在了另一個袋子中。

魏曉雨裝好後才想起，周宣買這麼多的東西幹嘛？好像要長途旅行一樣。

周宣把重的那個背包背在背上，然後又提了另一個背包，出了超市後，才對魏曉雨說：

「我們要到山上去，所以先準備一些東西。」

魏曉雨十分詫異，從飛機上下來後，周宣的行爲就很怪異，但說實話，魏曉雨又覺得他運氣真好，到博物館居然沒花什麼功夫就進去了，照理說，一個這麼大型的博物館，怎麼安全管理上會這麼鬆懈？居然會容許牆上留一個人能鑽進去的大洞，實在不可思議！

只是雖然輕易進入了博物館，但周宣卻並沒如她想像的那樣詳細尋找線索，雖說現場肯定是遭到了嚴重的破壞，但找線索總比不找要好吧，找的話或許還有機會，不找可是機會都沒有了。

費盡了心機進去，但周宣卻又隨便就出來了，莫明其妙地又買了些食品飲料說要上山，如果說與案子有關的話，上山就上山吧，那是她跟他要做的事，可是什麼都還沒有查到，上山幹什麼？

魏曉雨猶豫了一下，問道：

「周宣，爲什麼要上山？」

周宣皺了皺眉，一下子不知道該怎麼跟她解釋，但還是點點頭說道：

「曉雨，我在門上找到了一些線索，我知道有一個地方會與這件案子有關，但到底是什麼原因，我現在跟你也說不清楚，你相信我就好了。」

魏曉雨點點頭道：「我相信，我只是覺得奇怪，你要到山上，那我就跟你到山上，你說到哪就到哪兒！」

周宣呆了呆，這實在太不像魏曉雨了，在他的印象中，魏曉雨可是驕傲得能折斷也不會軟倒的強硬女孩，絕大多數男生都沒有她這麼強的性格，可現在是怎麼了？那個曾經在拳擊館把他打得死去活來的惡女，現在到底是怎麼了？

周宣呆了一陣，瞧著魏曉雨越來越溫柔，越來越小鳥依人的樣子，忽然傻傻地問道：

「你……你是曉晴嗎？你是曉晴吧！」

「人都是會變的！」魏曉雨嘆了口氣，低低地說道：「如果你認爲我是曉晴，那就當我是曉晴好了！」

周宣怔了怔，魏曉雨會這樣軟弱嗎？如果說是魏曉晴，可她又怎麼會說這樣的話？

周宣伸手攔了一輛計程車，司機停了車。

周宣沒有馬上上車，而是先問道：

「司機大哥，到莫蔭山去不去？」

那司機呆了一下，隨即又瞧了瞧周宣和魏曉雨兩個人，眼裏儘是狐疑表情。

這個時候去莫蔭山，天黑地凍的，莫蔭山又是單行道的小路，走四十里路後，還有近七十里的土基根路，上坡下坡的，彎道又多，很多地方一邊是山坡，一邊是懸崖，稍不留神就翻車，命都沒了，再說，最近搶車殺人的事並不少見。

那司機瞧了一陣，有些猶豫。周宣身上背了一個包，手裏又提了一個包，跟在他身後的魏曉雨，雖然在夜色中，但還是瞧得清那清麗絕俗的面容，這樣兩個人，似乎也不大像是搶劫殺人的主。

周宣哪會不明白這司機想的是什麼，笑笑道：

「司機大哥，我們是從北方打工回來的，剛下飛機，想家心切，不願在城裏多待，所以寧願多花點車費也無所謂，今晚就要趕回老家。」

那司機沉吟了一下，然後說道：

「這樣吧，我看你們也不像壞人，我幫你們找一個人來吧，我這車是跟朋友分租的，這時候要交班了，你們給多少車錢？」

周宣道：「司機大哥，你就直說吧，跑這樣一趟要收多少錢？」

「這個……」那司機沉吟了一下，然後回答道：「一般我們在晚上不下鄉，莫蔭山又這麼遠，就是一般正常的大馬路，這樣遠近我們也要收三百元左右，但莫蔭山是小路，而且還有一半以上是泥土石頭爛路，去了那兒，回來肯定是沒有客人載的，你說……」

周宣當即爽快地道：「司機大哥，這樣吧，正常的情況你們收三百，這個路難走，我多給一倍，六百；回來載不到客人，我再加一倍的車錢，一共付你一千二，車費我可以先給，你看怎麼樣？」

那司機倒是心動了，說實在話，他們這樣的計程車司機，一天忙到晚，十個小時不停歇，扣掉油錢後能剩兩百元就已經是很高的收入了，周宣給一千二，到莫蔭山來回要六個小時吧，因爲是小公路和山路，所以要慢很多，把油錢扣掉了，一千二還能剩一千塊，半天的辛苦，收入卻是相當於平時的一個星期，這樣的客人當然好！

那司機考慮了好一會兒，終於點點頭說：

「先上車吧，到前面能停車的地方我再打個電話，能行我就載你們，不行我再叫朋友載你們，反正有車！」

周宣大喜，當即拉開車門，先讓魏曉雨上車，然後把背包取下來，自己也鑽進了車子。

這個地點不能停車，但是晚上好一些，因爲沒有交警，司機在兩個人一上車後，就趕緊把車開走，往前開了半里路，到斜岔口處靠邊停下車，然後才拿了手機打電話。

「老劉，我現在有個客人要去莫蔭山，客人車費給得很高，這樣吧，你晚上不用出車，我開去莫蔭山，回來後我分兩百給你，你看行不行？」

司機手機裏的聲音蠻響，周宣耳力超常，聽得十分清楚。

「哈哈，那當然好，我不用出車就能賺到錢，老張你要願意，你天天開都可以！」

叫老張的司機啐了一口，笑道：

「你倒是想得美呢，好了，老劉，那我出車了，記得，半個小時聯繫一次！」

周宣當然懂得老張的意思，出車到莫蔭山，老張雖然心動車費，但還是要考慮到安全問題，所以讓老劉每隔半小時跟他聯繫一下，以保證他沒出事。

想了想，周宣又從褲袋裏掏出皮夾來，數了十二張一百的鈔票，然後遞上前，老張笑呵呵接過錢，數了一下，張數是對的，主要是摸一下，看是不是假鈔。

錢是真的，數目也對，老張把錢揣好，接下來開車上路，到城郊的一間加油站又加了兩百塊錢的油，這才上路。

從城郊往莫蔭山的鄉間小路前，還有一段好路，這一段路平穩快速，周宣閉上眼躺著睡覺，魏曉雨則眼望著窗外，也不知道在看什麼，其實窗外黑乎乎的，什麼也看不見。

好路一走完，上了單行路後，速度就慢了下來，一個小時後，又到了泥巴土路後，車就開始顛簸起來，周宣就沒辦法睡覺了。

上上下下的，彎道又急，司機老張小心地開著車，在燈光下，前邊的路一下子是急彎，一下子又是懸崖，一下子又是陡急的上坡，一下子又是近六十度的下坡。

周宣跟魏曉雨坐在後排，又沒有安全帶，兩個人一下子倒過來，一下子又偏過去，免不了身體撞來偎去的。

在超市裡，周宣拉著魏曉雨的手，那個時候心無邪念，沒想到別的上面去，這個時候跟魏曉雨身體肌膚接觸得十分頻繁，倒是不好意思起來，還好黑黑的，也瞧不清面容。

莫蔭山是山區，也是一個小鎮，但集鎮在山下，山上除了這一條泥巴路外，沒有別的路，到處是山。

老張開到近九點鐘，才到了莫蔭山裡的小村落上。

這條街總共不到五十家人戶，從街兩邊的房子就看得出來，這裏十分偏僻窮困。

老張在街頭停了車，周宣下了車，背上一個背包，然後斜挎了另一個背包，又從皮夾裏取了兩百塊錢遞給老張，說道：

「司機大哥，不好意思，這條路太差了，我再多補兩百塊錢，回去的路上小心開車，別太急著回去，謝謝了！」

老張接了錢，還有些發怔，這樣的事還真沒碰到過，說好了價錢，一般人只會再砍價，只有少給，卻不會有人要多給，一開始他還懷疑周宣會不會是搶劫的人，現在看來倒是完全想離譜了。

別過了老張，看著周宣身上背著一個背包，手裡又提著一個背包，有些不方便的樣子，魏曉雨默不作聲地從他手裏拿過那個提著的背包，然後背到了自己背上。

在這條街上終於找到一間旅社，也是這條街上唯一的一間旅社，破舊的土磚房，兩層樓，樓下的大門開著，昏黃的燈光下，一張紅色破舊的木桌子後，坐著一個四十歲左右的婦女，在門背後的牆角邊，又放了一台十四寸的老舊彩電，電視中正播放著時下流行的綜藝節目，一個女明星又跳又唱的。

周宣跟魏曉雨一前一後進了屋，那中年婦女猛然見到他們兩個，呆了呆問道：

「你們……」

「我們要住店，老闆娘，給開兩間房！」周宣沒等她問，直接說了出來。

其實看他們這個樣子就知道是要住店的，只是那婦女沒想到這麼晚了還會有人來住店，這山裏面，本來人就很少了。

但有生意當然好，那婦女滿臉笑容，趕緊道：「好好好，不過就是……」說完有些爲難的臉色，想想又問道：「兩位是兄妹還是夫妻啊？」

周宣臉一紅，有些支吾，不過，魏曉雨卻接了話道：

「他是我男朋友！」

「哦，是男女朋友啊？那就好說，那就好說！」

那婦女笑呵呵地道：「也不知道是怎麼回事，我們這個店開了十多年，一共十二間房，就從沒有住滿過，但突然卻客滿了，一周前便有好多人來住，現在就只剩一間房，你們要是男女朋友，那就好說，住一間房就得了，現在的男女朋友，就這麼回事！」

說著起身拿了鑰匙，帶周宣和魏曉雨兩人上樓，走了幾步又回頭讚了魏曉雨一聲：「妹妹長得好漂亮啊！」

到了樓上，一直走到最後面一間，那婦女才開了鎖，打開門，進屋開了燈。

這間房大約有十五個平方，一張一米的床，房間裏兩張木椅子，兩雙拖鞋，屋角中放有一個放臉盆腳盆的木架子，上下各一個塑膠盆，架子旁邊的木臺上有兩個保溫水瓶，除此之外，房間裏就再沒有別的傢俱。

那婦女堆著笑臉道：「房間還是不錯的，廁所在樓下靠右的地方，洗臉洗腳有兩個盆，保溫瓶裏有開水，水沒了叫我一聲，我會給你們加水。對了，我叫吳金鳳，大家都叫我鳳姐，你們叫我鳳姐就行了！」

魏曉雨咬著唇沒做聲，這裏的簡陋遠不是她想像的，周宣也頗爲尷尬，不知道說什麼好。

鳳姐接著又道：「房間是三十塊一天，你們是兩個人，那就算五十塊一天，伙食另算，

你們覺得可以就付錢。」

在這上不著天，下不著地的地方，不可以又能怎麼樣？

周宣趕緊掏了錢包出來，取了五百塊錢給鳳姐，然後叮囑道：

「鳳姐，我先預付五百塊錢，如果有人退房，你馬上把房間留給我，錢不夠的時候，你再跟我說一聲，我再補給你。另外，伙食的話，我們吃了現給！」

鳳姐接了錢，滿是笑容，連連點頭出門去了，出門口的時候又回頭道：

「小兄弟，有什麼需要大聲叫一下就行了，我在樓下聽得見的！」

等到這個熱情得過分的鳳姐下樓後，周宣忽然覺得手腳都沒地方放，魏曉雨縮了縮肩，剛入春，天氣還有些冷，再說，這裏又是山上，到了晚上，氣溫變得很低。

周宣把背包放到椅子上，然後過去門邊把門關上，回過頭瞧見魏曉雨臉紅紅的表情，忽然覺得不好，趕緊又把門打開。

魏曉雨把背包丟在周宣那個包上面，然後坐在床上。

床不太寬，但床單、被子還是洗得挺乾淨的，魏曉雨低了頭，搓了搓冰涼的手，低低地道：

「開著門不冷嗎？我冷！」

周宣「哦」了一聲，又去把門關上，回過身來，想了想，指著屋角木架子上的塑膠盆問魏曉雨：「你要洗臉嗎？」

魏曉雨點點頭，周宣從瓶子裏倒了小半盆水，水裏冒著熱氣，端到床前，放在椅子上，然後又從背包裏取了一條毛巾出來。

幸好在超市裡買了盥洗用具，否則這個店裏可是沒準備，真要的話，樓下鳳姐那桌子背後的櫃檯上是有賣，只是不知道究竟擺了多久，也不知道過期沒有。

魏曉雨彎腰把手伸到盆裏的熱水中。說是開水，其實最多五十度，不過在冷天裏暖暖手還是很舒服。

洗了臉，髮絲臉蛋沾了些水漬，魏曉雨的素顏別有一種風味。

周宣把水倒進另一個盆子裏，然後自己又倒了水，不過保溫瓶裏卻沒水了。

周宣提著水瓶到樓梯上叫了一聲：「鳳姐，沒水了！」

「要等一個小時，爐火剛生，燒不開水！」鳳姐在樓下也大聲地回答了一聲。

周宣頓時傻眼，呆了呆才提著空瓶子進屋，還好剛剛沒把洗臉的水倒掉，現在只能將就著那個水洗洗腳了，想要洗澡的話，在這個地方只能是一種奢望了。

將就著剩下的一點水隨便抹了把臉，床邊上，魏曉雨也就著她的洗臉水洗了腳，然後把腳放在木椅子上，白皙秀麗的腳讓周宣覺得十分不自在，在平時倒不覺得什麼，但在這個場

合中，孤男寡女獨處一室，又只有一張床，有一種說不出的感覺。

雖然周宣並沒有那種念頭，但就是感到很不自在。而魏曉雨一直是默不作聲，周宣讓她做什麼她就做什麼，而心裏面，魏曉雨倒是隱隱有了點盼望。

從上飛機以後，一直都是周宣在做主，下飛機後，周宣和她根本沒得到什麼線索，但周宣爲什麼要帶著她跑到這麼偏僻的山區來？他真的就完全沒有私心？還是想跟她把關係拉得更進一步？

魏曉雨心裏莫名煩惱著，但以她對周宣的瞭解來說，又不大像，只是瞧著這一間房，一條被子的，魏曉雨心裏也很慌亂，要是周宣真要……那她應該怎麼辦？

魏曉雨一改以往在周宣心目中的強悍印象，溫柔不多話的樣子讓周宣總是想到魏曉晴。洗臉洗腳後，還是有點冷，魏曉雨把被子拉開，和著衣服躺下，一雙晶瑩的眼珠子盯著周宣。

周宣不敢看她，房間裏又沒別的地方，只能坐到那把空著的木椅子上，但要這樣坐一晚上可不容易。

坐不了半個小時，不能靠又沒得躺的，極是不舒服，周宣換了好幾個姿勢，總是不對勁。

魏曉雨呼吸急促了幾下，忽然開了口：「你……到床上來躺下吧，那樣坐著怎麼能熬得過一晚上？」

周宣是想躺到床上，但想歸想，這個樣子又如何躺得下去？不過魏曉雨自己開了口，叫他躺到床上去，那倒是好辦了，她說了總比自己魯魯莽莽躺到床上要好得多。

周宣站起身來，似乎在猶豫著，魏曉雨卻是有些害羞地把頭臉也都縮到被子中，床上只有一條被子，她讓周宣躺到床上，在這麼冷的天裏，那不就等於是叫周宣跟她睡一個被窩？

周宣忽地站起身開了門，急急往樓下跑去。在被子裏正害羞的魏曉雨一怔，鑽出頭來，瞧著打開的門發怔，周宣在玩什麼把戲？還是不想背叛傅盈？

魏曉雨一時又是心酸又是失望，自己偷偷喜歡上了周宣，在妹妹面前還不敢洩露一絲半分，因爲妹妹也喜歡周宣，只是妹妹是明她是暗，又天天跟她說起對周宣的思念，自己也只能安慰她，魏曉晴如何也沒想到，她的姐姐也正瘋狂地愛上她喜歡的人！

又聽到樓下周宣似乎在跟鳳姐說著什麼，魏曉雨趕緊側了耳朵，仔細聽著。

原來，周宣是跑到樓下，問鳳姐有沒有多的被子。

「鳳姐，有沒有多的被子？樓上的被子太單薄，想多要一條！」

鳳姐攤了攤手，無奈地道：

「我這店裏從來沒住滿過，要是平時，多要條被子是小事，但現在可沒了，這天又冷，

我自己蓋的還是一條薄被，十二間房，是一個蘿蔔一個坑啊，一條多的都沒有！」

這鳳姐說的又粗俗，什麼一個蘿蔔一個坑的，這樣的話，在他老家那邊就是女人罵男人偷情的事。周宣訕訕地不好意思說別的，只得回身上樓。

回了房，周宣見魏曉雨仍然把頭臉都用被子遮住，其實是魏曉雨聽到他回來的腳步聲後，故意鑽進去的，她也聽到了鳳姐的話，臉上又紅又燙的，哪敢露出臉來面對周宣。

周宣想了想，乾脆把門鎖「喀嚓」一聲反鎖了，這一聲響倒是把魏曉雨弄得一顫！

周宣到床邊坐下來，咬了咬牙，脫了鞋，然後說道：

「魏小姐，我只能將就躺一下了，得罪！」

然後，悶聲不響躺下身子，背對著魏曉雨。雖然天氣冷，但躺下來也遠比坐在椅子上要舒服得多。

魏曉雨待了半天，周宣躺上床的時候，她臉上越發地燙，只是過了好久也不見周宣再有動靜，伸出頭睜開眼，卻見到周宣背對著她躺在床邊上，根本就沒有要鑽進被子裏來的意思。

呆怔了好一會兒，魏曉雨發燙的臉也漸漸冷卻下來，一腔心思原來都是白費了！

周宣並沒有冷到受不了，因爲他運起冰氣運轉全身，只是溫度有點低，對他來說，半點影響都沒有，以前在天坑裏陰河中那麼低的水溫中都不會不適，這一丁點冷度自然不算什麼。

但是魏曉雨卻不是那麼想，她是個正常的普通人，周宣那樣子躺著，讓她只有心疼和失望，心裏糾結了一陣，終是咬著唇，羞答答地伸手將被子拉起，蓋到周宣身上，自己則縮在被子中直發顫，渾然沒有了平時她強悍女軍人的作風。

周宣怔了怔，感覺到魏曉雨發顫的身子，心裏有些感激，看來這個驕傲的官家千金並不像他想像的那樣蠻不講理，或許自己當初只看到她的一面吧。

他暗暗嘆了一聲，魏曉雨今天的表現一直很奇怪，不可想像的溫順，不管自己做什麼，她都沒出聲反對過，即使是到了這個偏僻的地方，連個睡覺的房間都沒有，還得兩個人擠一張床。

就在魏曉雨羞意難卻的時候，周宣又把被子拉開，蓋在了她身上，低聲說道：

「魏小姐，你自己蓋就好，我不冷，沒關係，睡一會兒就好。」

對周宣的不領情，魏曉雨一顆心冷了下來，獨自生著氣，但又瞧著周宣有些瘦削單薄的身體，心裏不免憐意上升，嘆息了一聲，然後又把被子蓋到他身上。

周宣哪裡想到別的，見魏曉雨又把被子蓋到他身上，趕緊說道：

「我真的不冷，你蓋就好，好好休息，說不定什麼時候我們就要走了，能休息的時候就

好好休息！」

魏曉雨哪裡懂周宣這話裏含話的意思？哼了一聲，忽然一發狠，伸過手去，緊緊從周宣背後摟住他，喘著氣說道：

「你這個樣子要是病了我怎麼辦？這個天不應地不靈的地方，我怎麼來照顧你？你當我就那麼……那麼不知廉恥嗎？」

第一七五章
深入虎穴

周宣在地上撿起了一個打火機，拿著打火機沉思起來。
從這個打火機上，他感應到一些圖像，
那十幾個人是從這裏進去了，但讓他吃驚的是，
從這個打火機上面，他感覺到了一絲絲冰氣的痕跡，但又不確定。

魏曉雨說到後面「不知廉恥」幾個字時，聲音都有些哽咽了。周宣在這個時候才感覺到，魏曉雨原來也只是一個女孩子！

周宣背上觸著的儘是魏曉雨柔軟又溫暖的身子，頓時動都不敢動了，他沒想到魏曉雨竟然會有這個勇氣，一個女孩子敢這樣做，他哪敢再說什麼？難道還能說自己身有異能，不怕冷，讓她一個人蓋著被子睡就是？

只怕會越描越黑，周宣不敢再說什麼，也不敢動彈，只是拼命運起冰氣運轉，以練功來平復自己的內心。

魏曉雨將臉深深依偎在周宣的背上，氣息中全是周宣那醉人的男人味道，她做夢都沒有想到，會有這麼一刻！

摟著心愛的男人，卻又明白這個男人永遠不可能屬於她，那種幸福又絕望的心情，當真是難以形容。魏曉雨忍不住淚流滿面，好在周宣看不到，摟著周宣的手越發緊了，在傷心與絕望的痛苦中，迷迷糊糊便睡了過去。

也不知道什麼時候，魏曉雨忽然被周宣叫醒。

「魏小姐，魏小姐，醒醒，魏小姐，你醒醒！」

魏曉雨從夢中醒來，周宣嘴唇觸在她耳邊正低聲地叫著，坐起身來後，周宣已經到床下穿了鞋把背包裝好。

魏曉雨瞧了瞧窗外，黑濛濛一片，詫道：「怎麼了？又要去哪兒？」又瞧了瞧手上的夜光錶，凌晨兩點十五分，這個時候，周宣叫醒她要到哪裡去？

她總覺得周宣的行爲怪怪的，現在看來倒真是很古怪，不過還是起身穿好了鞋襪，周宣背好了背包，又把那個較輕的背包遞給她。

魏曉雨把背包背上，周宣拉著她的手，輕輕走到房間外，然後又把門帶上，沿著樓梯輕巧地下樓。

鳳姐顯然也睡了，大廳裏沒有半個人。

周宣沒有開燈，魏曉雨從有燈光的地方一下子又到了黑暗中，眼睛不能適應，看不見任何東西，只能由周宣拉著她行走。

周宣卻是仍像在白天一樣，毫不遲疑往前走，到門口時停了一下，大門沒有鎖，周宣把門拉開一條縫，門外的冷空氣一下子吹了進來，魏曉雨忍不住縮了縮肩。

出了大門，大街上也是黑乎乎的，沒有半分光線，周宣拉著魏曉雨一腳深一腳淺地前行著，也沒跟她說要到哪兒去。

其實周宣來莫蔭山這個小鎮，當然是因爲從城裏那個博物館大門上得到的一絲線索，門上顯示了盜賣文物的人到了莫蔭山，但周宣卻得不到更多有關於那個擁有冰氣的人的訊息。

這也是讓周宣最爲擔心的地方，若只是普通人，即使是武力超強的人，他也不在乎，但對方也是跟他一樣擁有冰氣異能的人，那就不容小覷了。

在這間小旅社裏，周宣住下後，就暗暗運起冰氣探測了其他房間的人，一探測，立即心裏就有了底，來這裏果然沒錯，這裏其他房間住的人全都是一夥的，其中四個房間裏的人行李中，還有包裝得很嚴實的古董。

周宣又探測到，這幾件古董中，有兩件是真的，而且價值不菲，至少值兩百萬以上，這在周宣看來沒什麼大不了，但是從追蹤的角度來看，路子是對了。

如果是普通人，周宣根本就不會想那麼多，但對方之中有一個擁有冰氣異能的人，而且這個人，周宣越想越覺得疑點多多，所以也很擔心自己會走進陷阱中，得萬分的小心！

在黑暗中，魏曉雨甚至已分不出東西南北了，目不見物的，又不敢大聲說話，好像記得背包裏有兩支手電筒，但周宣不讓她取出來。

周宣早探測到另外房間中的十幾個人都已悄悄地起身，往山上去了，他不敢追得太近，也不敢打開手電筒，還好有冰氣探測，跟白天走路沒有區別，只是苦了魏曉雨，但有他緊拉著也沒有大問題。

上山的路很難走，周宣保持著距離，隔了約半里路，慢慢跟在後面，以免被前面那些人看到。

魏曉雨很是吃驚，一開始只以爲周宣是瞎胡鬧，又或者也說不定，他就是想找機會跟她單獨相處，這男人的心思，誰知道呢？但現在看起來滿不是那麼回事，周宣好像是真有目的。

那些人大半夜的偷偷摸摸到深山裏去幹什麼？不管怎麼樣，這些人肯定是有鬼的，又冷又晚，好好的人是不會幹這種事的，只是周宣又怎麼能肯定這些人跟盜賣博物館文物的人有關聯呢？

而且從博物館進去又出來，魏曉雨可是一直跟他在一起，幾乎是寸步沒離開過，他又是怎麼找到線索的？又怎麼會知道要到這莫蔭山裏來？

一切的一切，魏曉雨都想不明白，剛剛同臥一張床、同睡一條被單的溫馨，也早丟到九霄雲外去了。

因爲離前面那些人遠了，除了不敢打開手電筒外，說話倒是敢了。

「周宣，你認爲這些人跟盜博物館的人有關嗎？你又怎麼知道的？」

周宣只是拖著她的手，儘量往好走的地方走。

魏曉雨見周宣不回答她，又嘀咕著道：

「這天上怎麼就沒一顆星星呢，黑漆漆的一點也瞧不見。」

遠處的半山腰中，十來支手電筒光閃動，越來越上，山路難行，周宣拉著魏曉雨走得也越來越慢，晚上雖然冷，但魏曉雨卻是走得熱汗淋漓，一點也沒有剛從旅社裏出來時的那種寒冷感覺。

前面的手電筒光忽然消失了！

周宣的冰氣還遠沒有達到能憑空探測到五六百米的程度，那些手電筒光卻忽然消失了，這只能說明，那些人進入了低窪地，又或者是進入到什麼洞中了。

手電筒是更不能打開了，周宣牽著魏曉雨，一步一步往山上去。

魏曉雨搞不明白，她還是經過嚴格訓練過的軍人，而周宣只不過是個普通人，他怎麼就能夠在這黑漆漆的夜裏安全的走夜路呢？自己看不到也摸不到，但能聽得到，附近有流水從上到下飛落的聲音，顯然是瀑布，這條山路肯定是一邊岩壁，一邊懸崖了，周宣怎麼就不害怕呢？

看著就幾百米的距離，但走起來可花了接近兩個時辰，到了手電筒光消失的地方，周宣先停了腳步，然後全力運起冰氣探測這一帶的地形，果然如他所料，前面四十多米外，是一個洞穴！

周宣低聲在魏曉雨耳邊說道：

「曉雨，小心些，跟著我的腳步，前面是個洞穴，那些人肯定進洞了！」

周宣說完，把她的手握緊了些，又讓她的身子貼自己更近些，這個地方地勢險要，一個不小心就會被摔到溝裏坎下的。

魏曉雨終於忍不住問道：「你怎麼知道前面有洞？」呆了呆後忽然又問道：「我知道了，你是不是來過這兒？哦……這是你老家，你長大的地方？」

隨即又醒悟，周宣的老家在湖北武當山，妹妹早就告訴過她了，聽曉晴說起周宣的事，這江北一帶，他應該是沒有來過，那就奇怪了！

魏曉雨又回想著，就算再熟悉的地方，只要不是平坦的大街、廣場，或者是自己家裏，身處在這種地勢危險的地方，那也是沒辦法在黑漆漆的夜裏行走的，更別說像走在白天一樣。除非有一點，那就是周宣的眼睛能看到夜景中的東西。

魏曉雨倒是知道，很多東西是可以有這種能力的，比如特種兵配備的紅外線夜視儀等裝備，這些東西都是可以用來在夜色中使用的，但問題是，周宣並沒有帶任何工具，這個魏曉雨是可以肯定的。

周宣拉著魏曉雨，慢慢沿著小路進到洞中，這個洞，洞口處很寬大，寬有十來米，高有二十多米，就像張了一張大嘴的怪獸。

在周宣能探測到的範圍裏，還沒有探測到那十幾個上山的人的蹤影，看來他們進洞很深。

從洞口進去十來米後，洞裏的空間矮了些，前面又有三個小洞口，每個洞都小了很多，剛好能容一個人進出的樣子。

周宣這個時候才從背包裏把手電筒取了出來，給魏曉雨一支，自己一支，因為從洞裏見不到手電光，也探測不到那些人，周宣就肯定這些人離自己已經很遠了，打著手電筒也不用擔心被那些人發覺。

洞裏轉角彎又多，不到十米就有幾處之字形的彎，手電筒光透不出來，他們看不到那些人，那些人也同樣看不到他們。

魏曉雨打開了手電筒左右瞧瞧，很是心驚，看著三個小洞口，低聲問周宣：

「那些人進洞了嗎？那我們走哪一條？」

那些人雖然已經超出了周宣的探測範圍，但他們走過的地方會有訊息殘留下來，所以周宣一測就知道他們走的哪一條路。

周宣伸手指了指中間那一條，說道：

「這條，我們從這條進去。」

魏曉雨也不知道周宣是憑什麼做出的判斷，地上沒有留下任何東西，而且地面上也是堅硬的岩石，拿鐵鏟都難以鏟動一丁半點。

但周宣不由分說地已經在前面進去了，魏曉雨也只得跟了進去。

這個洞在周宣的冰氣探測中，方圓六七十米的距離都在他的腦子之中，而在這個範圍以內，那些人還是沒有蹤影。

再往前進了四五十米遠，魏曉雨都有些擔心了，因爲進來這個小洞口後，其間又經過了好幾個岔洞，周宣是幾乎沒有停留地往前行，要是進得太深，出來會不會迷路？

洞裏時而寬大時而窄小，但最窄小的地方也能容人通過，魏曉雨越走越是猶豫，周宣忽然在一個彎口處停了下來，彎腰在地上撿起了一個打火機。

這是一個拋棄型的打火機，紅色的，裏面還有一半的瓦斯，周宣按了按，「啪」的一聲，火苗就竄了出來，打火機是好的。

從這一點看，不論那些人是不是從這個小洞進去了，這個洞肯定都是有人進去過的，否則是不會有這個打火機遺留在此的。

魏曉雨心裏倒是鬆了一口氣，有人來過就好，至少他們沒走錯路。

周宣卻是拿著打火機沉思起來，從這個打火機上，他感應到一些圖像，那十幾個人是從這裏進去了，但讓他吃驚的是，從這個打火機上面，他感覺到了一絲絲冰氣的痕跡，但又不確定。

冰氣異能的作用，周宣是早就明白的，只要是地球上所有的物體，它都能探測到，但如果是那個金黃石的故鄉來的東西，周宣就什麼也探測不到，依此推算，如果同樣一個擁有冰氣異能的人，那周宣也是探測不到的。

所以這個打火機上面殘留的訊息中，周宣能探測到那些普通人，卻探測不到同樣擁有冰氣異能的人。

一想到這個問題，周宣忽然沉思起來，因爲從博物館的大門上，再到這個打火機上，他都似乎感應到那麼一丁半點的冰氣氣息，這有點不合理！

周宣沉思了一陣，忽然抬頭問了一下魏曉雨：

「你身上有帶什麼防身的東西？」

「我？」魏曉雨怔了怔，然後伸了伸拳頭，說道：「怎麼了？」

因爲她跟周宣是一起坐飛機過來的，從飛機的安檢流程就知道，身上是不可能帶武器的，不過以她的身手，一般的人也奈何不了她。

周宣皺著眉頭道：「那些人有槍，這其實還不是我最擔心的，我擔心的是，這些人中間有一個非常可怕的人，而我現在還搞不清楚這個人是不是發現了我。這個問題很棘手，但我現在也沒辦法，你明白嗎？」

他自己弄不明白，魏曉雨就更不明白了，因爲魏曉雨不知道周宣擁有異能的事。

周宣拿著那個打火機，心頭忽然有了一種恐懼感，在之前，無論是美國的那一次危險之旅，還是洛陽那一次生死之旅，他都沒有這麼濃的恐懼，而現在，他覺得眼前有一個自己跨越不過去的溝，或者他贏不了的對手！

看出了周宣眼睛裏的恐懼之色，魏曉雨忽然伸出手握住周宣的手，並且握得很緊，正色道：「不管在哪裡，我都跟你在一起！」

請續看《淘寶黃金手》卷十二 九龍奇鼎

【附錄】

兩岸主要古玩市場・市集地址

台灣古玩市場・市集地址

台北市建國假日玉市：北市仁愛路、濟南路及建國南路高架橋下
台北市光華假日玉市：新生北路與八德路口
台北市三普古董商場：台北市新生南路一段十四號
台北市大都會珠寶古董商場：台北市中山區松江路二九一號B1
新竹市東門市場：新竹市東區中正路一〇六號
台中市立文化中心周遭：英才路、美村路、林森路、公益路、金山路和民生路等地段
台中市第五期重劃區：大隆路、精明一街、精明二街、東興路和大業路等地段
彰化：彰鹿路
高雄市：廣州街、廈門街、七賢三街、中正路、大豐路等

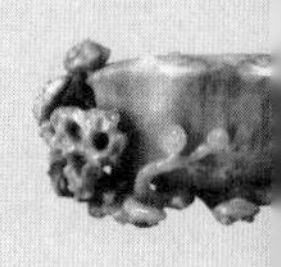

大陸古玩市場．市集地址

北京古玩城：北京市朝陽區東三環南路廿一號

北京潘家園舊貨市場：北京市朝陽區華威里十八號

上海國際收藏品市場：上海市江西中路四五七號

天津古物市場：天津市南開區東馬路水閣大街三十號

天津古玩城：天津市南開區古文化街

重慶市綜合類收藏品市場：重慶市渝中區較場口八二號

廣東省深圳市古玩城：廣東省深圳市樂園路十三號

廣東省深圳華之萃古玩世界：廣東省深圳市紅嶺路荔景大廈

江蘇省南京夫子廟市場：江蘇省南京市夫子廟東市

江蘇省南京金陵收藏品市場：江蘇省南京市清涼山公園

浙江省杭州市民間收藏品交易市場：浙江省杭州市湖墅南路

浙江省紹興市古玩市場：浙江省紹興市紹興府河街四一號

福建省白鷺洲古玩城：福建省廈門市湖濱中路

福建省泉州市塗門街古玩市場：福建省泉州市狀元街、文化街及鐘樓附近

河南省洛陽市西工古玩市場：河南省洛陽市洛陽中州路

河南省洛陽市潞澤文物古玩市場：河南省洛陽市九都東路一三三號

湖北省武昌市古玩城：湖北省武昌市東湖中南路
四川省成都市文物古玩市場：四川省成都市青華路三六號
遼寧省大連市古玩城：遼寧省大連市港灣街一號
遼寧省瀋陽市古玩城：遼寧省瀋陽市瀋陽故宮附近
黑龍江省哈爾濱市馬家街古玩市場：黑龍江省哈爾濱市南崗區馬家街西頭
吉林省長春市吉發古玩城：吉林省長春市清明街七四號
山東省青島市古玩市場：山東省青島市昌樂路
河北省石家莊市古玩城：河北省石家莊市西大街一號
山西省平遙古物市場：山西省平遙縣明清街
山西省太原南宮收藏品市場：山西省太原市迎澤路
陝西省西安市古玩城：陝西省西安市朱雀大街中段二號
安徽省合肥市城隍廟古玩城：安徽省合肥市城隍廟
甘肅省蘭州古玩城：甘肅省蘭州市白塔山公園
雲南省昆明市古玩城：雲南省昆明市桃園街一一九號
江西省南昌市滕王閣古玩市場：江西省南昌市滕王閣
貴州省貴陽市花鳥古玩市場：貴州省貴陽市陽明路
湖南省長沙市博物館古玩一條街：湖南省長沙市清水塘路

他的望聞問切出神入化，一望而能斷人生死
他的針灸和正骨無招勝有招，令人嘖嘖稱奇
有本事不在年紀高，手到病除最重要！

年紀輕輕的曾毅，憑著祖傳絕技和中西醫兼修學養，在高手如林的醫學界脫穎而出，僅用三副中藥便解決眾醫束手無策的病根，備受青睞。他連續治癒多例著名中西醫專家頭疼的疑難雜症，並以高尚醫德贏得中外患者敬佩，與政界、商界、軍界、警界等諸多名人結下不解之緣，成為莫逆之交。此後，他亦醫亦官，醫人醫國，左右逢源，救死扶傷，淡泊名利，眾望所歸，逐漸成為國內中醫界翹楚，真正的首席御醫。

淘寶黃金手 卷十一 鎮店之寶

作者：羅曉
出版者：風雲時代出版股份有限公司
出版所：風雲時代出版股份有限公司
地址：105台北市民生東路五段178號7樓之3
風雲書網：http://www.eastbooks.com.tw
官方部落格：http://eastbooks.pixnet.net/blog
Facebook：http://www.facebook.com/h7560949
信箱：h7560949@ms15.hinet.net
郵撥帳號：12043291
服務專線：(02)27560949
傳真專線：(02)27653799
執行主編：朱墨菲
美術編輯：許惠芳

法律顧問：永然法律事務所 李永然律師
北辰著作權事務所 蕭雄淋律師

版權授權：蔡雷平
初版日期：2013年7月
初版二刷：2013年7月20日
ISBN ：978-986-146-969-0

總 經 銷：成信文化事業股份有限公司
地　　址：新北市新店區中正路四維巷二弄2號4樓
電　　話：(02)2219-2080

行政院新聞局局版台業字第3595號 營利事業統一編號22759935

定價：280元　特價：199元

國家圖書館出版品預行編目資料

淘寶黃金手／羅曉著. -- 初版-- 臺北市：風雲時代，
2013.06 -- 冊；公分

ISBN 978-986-146-969-0（第11冊；平裝）

857.7　　101024088